KB063468

소년과 개

소년과 개

YA
11

할란 엘리슨 소설

신해경 옮김

A BOY AND
HIS DOG

아작

이 작품에는 선정적이고
폭력적인 장면들이 포함되어 있으니
보호자의 독서 지도가 필요합니다.

1

- 1970년 네뷸러상 수상
- 1985년 네뷸러상, 휴고상, 로커스상 수상

블러드에게 진저리가 났다. 내 개 블러드 말이다. 신경을 긁으려고 작정을 했는지, 일주일째 날 '앨버트'라 부르던 참이었다. 놈은 그게 우라지게 재미있다고 생각하는 모양이었다. 소설가이자 개 사육사였던 앨버트 페이슨 터휸이라니, 하하.

난 커다란 황록색 물쥐 두 마리와 '아랫동네' 어딘가에서 목줄을 풀고 나온, 털이 잘 손질된 길 잃은 푸들 한 마리를 잡아다주었다.

꽤 잘 먹어놓고서도 놈은 까다롭게 굴었다.

"자, 개새끼야." 나는 윽박질렀다. "여자를 찾아줘."

블러드가 개 특유의 저음으로 큭큭거렸다. "너 발정하면 웃겨."

그 쫄깃한 똥구멍이 돌아갈 만큼 걷어차줘도 웃기겠지, 딩고 무리에서 도망 나온 놈 주제에.

"찾기나 해! 농담 없어!"

"부끄러운 줄 알아, 앨버트. 그렇게 가르쳐줘도, 원. '농담 없어'가 아니라 '농담 아니야'라니까."

놈은 내가 인내심의 한계에 다다른 걸 눈치채고 부루퉁한 태도로 낚시질을 시작했다. 놈이 바스러진 인도 가장자리에 앉더니 눈꺼풀을 파들거리다가 눈을 감았다. 털북숭이 몸이 팽팽하게 긴장했다. 잠시 후에 놈이 몸을 숙여 바닥을 긁으며 앞발을 쭉 뻗고는 털이 북슬북슬한 대가리를 얹으며 반듯이 엎드렸다. 몸에서 긴장이 사라지고, 벼룩 물린 데를 긁기 직전처럼 몸을 떨기 시작했다. 그런 식으로 거의 15분쯤이 지나자 놈은 결국 벌거벗은 배를 밤하늘에 까 보이며 벌렁 드러누워 네 발을 다 들고 말았다.

"미안, 아무것도 없어."

있는 대로 성질을 부리며 욕을 할 수도 있었지만, 나는 놈이 애썼다는 걸 알았다. 마음에 들지 않았다. 정말로 여자와 자고 싶었다. 하지만 어쩌겠는가?

"좋아." 나는 체념하며 말했다. "그건 됐어."

놈이 옆으로 몸을 굴리며 벌떡 일어났다.

"뭐 할 건데?" 놈이 물었다.

"할 수 있는 게 별로 없잖아, 안 그래?" 내가 생각해도 심하게 빈정거리는 말투였다. 놈이 불손하게 겸손한 태도로 다시 발치에 앉았다.

나는 녹아내린 가로등 둥치에 기대서 여자애들을 생각했다. 생각만 하자니 고통스러웠다.

"영화는 언제든 볼 수 있지." 내가 말했다.

블러드는 거리를 둘러보고 잡풀이 우거진 폭탄 구덩이에 팬 그늘진 웅덩이들을 쳐다보면서 아무 말도 하지 않았다. 이 개새끼는 내가 '좋아, 가자'라고 말하기를 기다리고 있었다. 놈은 나만큼이나 영화를 좋아했다.

"좋아, 가자."

놈이 일어서더니 혀를 **빼문** 채 좋아서 헐떡거리며 뒤를 따랐다. 그래, 마음대로 웃어라, 이 간사한 새끼야. 팝콘은 없을 줄 알아!

✱

떠돌이 패거리 중 하나였던 아워갱* 패거리는 그냥 걸리는 대로 약탈해 먹고 사는 것에 만족하지 못했다. 그래서 그들은 안락을 선택했고, 안락을 얻기 위해 영리한 방법을 취했다. 영화에 목을 맸던 녀석들은 메트로폴 극장이 있는 구역을 접수했다. 아무도 그 구역은 건드리지 않았다. 다들 영화가 필요했고, 아워갱이 필름을 관리하며 상영이 계속되도록 노력하는 동안은 나와 블러드 같은 솔로들까지, 특히 우리 같은 솔로들이 영화를 볼 수 있었기 때문이었다.

---

* 〈아워갱(Our Gang)〉은 어른 흉내를 내는 아이들의 이야기를 그린 미국 영화로 1920년대부터 1940년대까지 200편이 넘는 시리즈가 만들어졌는데, 출연 배우들이 줄줄이 사망해 저주받은 영화로 불린다.

입구에서 내 45구경 권총과 22구경 브라우닝 소총을 맡겨야 했다. 매표소 바로 옆에 작은 보관대가 있었다. 먼저 내 돼지고기 통조림 하나와 블러드에게 먹이려던 정어리 통조림 하나를 내고 표를 샀다. 그러자 브렌 경기관총을 든 아워갱 경비원들이 몸짓으로 보관대 쪽을 가리켰고, 나는 거기에다 무기를 맡겼다. 그때 부러진 천장 파이프에서 물이 새는 것이 보여서 가죽 같은 커다란 사마귀가 얼굴과 입술을 온통 뒤덮은 보관원 녀석에게 내 무기를 마른자리로 옮겨달라고 했다. 그 자식이 내 말을 무시했다.

"야, 너! 씨발 두꺼비 새끼야, 내 무기를 저쪽으로 옮기라고. 금방 녹이 스니까. 얼룩 하나라도 생겨봐, 넌 뼈도 못 추릴 줄 알아!"

놈이 욕지거리를 퍼붓기 시작하며 경기관총을 든 경비원들을 쳐다보았다. 놈은 내가 경비원들한테 쫓겨나면 극장에 들어가보지도 못하고 입장료를 잃으리라는 걸 알았다. 그러나 인원이 부족했는지 어쨌는지, 경비원들은 별 조처를 하려는 기색

없이 놈에게 그냥 해주라고, 내가 말하는 대로 들어주라는 의미로 고개를 끄덕였다. 그래서 그 두꺼비 새끼는 내 브라우닝 소총을 거치대 반대쪽 끝자리로 옮기고 45구경 권총을 밑에 찔러넣었다. 우리는 극장 안으로 들어갔다.

"팝콘."

"어림없어."

"이봐, 앨버트. 팝콘 사줘."

"나 빈털터리야. 팝콘 못 먹는다고 안 죽어."

"너 완전히 망할 놈이구나."

난 어깨를 으쓱거렸다. 꼬우면 고소하시든가.

극장 안은 사람들로 꽉 차 있었다. 경비원들이 총 외에 다른 건 빼놓으라고 하지 않아서 다행이었다. 목덜미에 숨긴 기름 먹인 칼집에 든 대못과 칼을 생각하면 마음이 든든했다. 블러드가 두 명이 앉을 자리를 찾아냈다. 우리는 사람들의 발을 밟으며 안쪽 좌석으로 들어갔다. 누군가가 욕설을 했지만 나는 무시했다. 도베르만 한 마리가 으르렁거렸다. 블러드가 털을 곤두세웠으나 별다른 대응은 하지 않았다. 메트로폴 극장 같은 중립 지대에도 힘자랑을 하려는 놈들은 늘 있게 마련이었다.

(사우스사이드 구역에 있던 옛 그라나다 극장에서 벌어진 싸움 얘기를 들은 적이 있다. 결국 떠돌이 열 명인가 열두 명인가와 개들이 죽고, 극장은 불에 타서 무너졌으며, 그 바람에 제임스 캐그니가 나오는 훌륭한 영화 두 편이 사라졌다. 떠돌이 패거리들이 극장을 성역으로 지정하는 협정을 맺은 것이 그 일 이후였다. 지금은 나아지긴 했지만, 유순하게 굴기에는 마음이 너무 꼬인 놈들은 늘 있게 마련이다.)

세 편 동시상영이었다. 데니스 오키프와 클레어 트레버, 레이먼드 버, 마샤 헌트가 나오는 〈로 딜〉은 세 편 중에 제일 오래되었다. 이 영화가 제작된 건 86년 전인 1948년이다. 이 빌어먹을 것이 어떻게 그 세월을 버티고도 온전히 남았는지는 신만이 아시리라. 제대로 감기지 않는 경우가 많아서 그때마다 상영을 멈추고 다시 필름을 걸어야 했다. 하지만 좋은 영화였다. 자기 패거리에게 배신당하고 감옥에 갇혔다가 복수를 위해 탈옥하는 솔로에 관

한 이야기였다. 갱단들도 나오고, 불량배들도 나오고, 엄청나게 치고 박고… 진짜 좋았다.

중간 상영작은 내가 태어나기 27년 전인 1992년, 제3차 세계대전 중에 나온 〈중국놈 냄새〉라는 영화였다. 대부분 내장이 쏟아지는 장면들이었고, 몇몇 근사한 육박전 장면도 있었다. 네이팜탄 투척기를 장착한 전투용 그레이하운드 사냥개들이 중국인 마을을 깡그리 불태우는 멋진 장면도 있었다. 이미 본 영화인데도 블러드는 한껏 빠져들었다. 놈은 자신이 그 영화에 나오는 개들의 후손이라고 사기를 치고 다녔는데, 그게 거짓말이라는 건 놈도 알고 나도 알았다.

"왜, 애라도 하나 태우시게, 영웅 씨?" 나는 놈에게 속삭였다. 놈은 속으로 찔렸는지 아무 말도 하지 않고 개들이 마을을 이리저리 뛰어다니는 장면을 계속 바라보면서 그저 자세를 고쳐 앉을 뿐이었다. 나는 지루해 죽을 지경이었다.

나는 주요 상영작을 기다렸다.

마침내 마지막 영화가 시작됐다. 1970년대 후

반에 만든 걸작 포르노 영화로, 제목은 〈크고 검은 가죽 틈새〉였다. 시작부터가 아주 좋았다. 검은 가죽 코르셋에 허벅지까지 올라오는 끈으로 조이는 부츠를 신고 가면을 쓰고 채찍을 든 금발 여자 둘이 빼빼 마른 남자 하나를 눕힌 뒤, 하나는 남자의 얼굴에 앉고 다른 하나는 남자의 하반신 쪽으로 내려갔다. 그 뒤로는 정말로 난잡해졌다.

주변은 온통 자위하는 솔로들로 가득했다. 막내 걸 깨워보려는 찰나에 블러드가 몸을 바싹 붙이더니 유달리 악취 나는 뭔가를 찾아냈을 때 하는 식으로 아주 상냥하게 말했다. "여기 계집애가 있어."

"너 미쳤구나."

"진짜야. 냄새를 맡았어. 여기 계집애가 있다고, 이 사람아."

나는 눈에 띄지 않게 주위를 둘러보았다. 극장은 솔로 아니면 솔로의 개들로 거의 꽉 찼다. 계집애가 숨어들었다간 폭동이라도 일어날 판이었다. 누구 하나 박기도 전에 계집애는 갈가리 찢길 것이다.

"어디?" 내가 나직이 물었다. 두 금발머리가 가면을 벗고, 하나가 허리에 두른 끈에 고정한 커다란 나무 딜도로 비쩍 마른 남자를 조지자 사방의 솔로들이 신음을 토하며 속도를 높였다.

"잠깐만 기다려봐." 블러드는 정말로 집중하고 있었다. 놈의 몸이 철삿줄처럼 팽팽하게 긴장했다. 눈이 감겼고, 주둥이가 움찔거렸다. 난 놈이 일하도록 내버려두었다.

가능한 일이었다. 가능은 한 일이었다. 아랫동네에서 정말 멍청한 영화만 만드는 건 알고 있었다. 1930년대나 40년대에 만들던, 결혼한 사람들도 따로 침대를 쓰는 진짜 건전한 쓰레기 영화, 미르나 로이와 조지 브렌트가 나오는 그런 종류의 영화 말이다. 그리고 이따금 정말로 엄격한 아랫동네 중산층 가정의 계집애가 난잡한 영화가 어떤 건지 보려고 지상으로 올라오는 일이 있다는 것도 들어서 알고 있었다. 그런 일을 듣기는 했다. 하지만 지금껏 내가 가본 어느 극장에서도 그런 일은 일어나지 않았다.

그리고 그런 일이 메트로폴 극장에서 일어날 가능성은 '특히' 적었다. 메트로폴에는 변태 새끼들이 많이 왔다. 자, 오해는 마시라, 내가 서로 물고 빠는 사내들에게 특별히 편견이 있는 건 아니다. 웬걸, 이해는 간다. 어디에도 계집애들이 충분하지 않으니까. 하지만 난 사내새끼들끼리 엉기는 관계는 영 구미가 당기지 않는데, 뭔가 약하고 작은 쪽이 상대에게 들러붙어 갈수록 질투를 해대는 데다, 한쪽은 다른 쪽을 먹이기 위해 사냥을 해야 하는데, 다른 쪽은 그저 엉덩이를 까기만 하면 뭐든 당연하게 받아도 된다고 생각하는 것 같아서다. 계집애를 달고 다니는 짓만큼이나 해롭다. 큰 떠돌이 패거리 안에서 수많은 불화와 다툼을 일으키는 요인이기도 하고. 그래서 나는 그쪽으로는 절대 눈길도 주지 않았다. 뭐, '절대'는 아니지만, 오래는 아니었다.

그래서 메트로폴 극장의 이 온갖 변태놈들 틈에서 계집애가 무사할 성싶지가 않았다. 여자 역할을 하는 놈들과 여자를 좋아하는 놈들 중에서 어느 쪽이 먼저 계집애를 찢어놓을지…, 확률은 반반이었다.

그리고 여기에 계집애가 있다면, 왜 다른 개들은 냄새를 못 맡지?

"우리 앞에서 세 번째 줄." 블러드가 말했다. "통로 쪽 자리. 솔로 같은 차림새야."

"넌 냄새를 맡을 수 있는데, 왜 다른 개들은 눈치를 못 채?"

"내가 누군지 잊었구나, 앨버트."

"잊진 않았어. 그냥 안 믿는 거지."

사실 요점만 보자면, 난 내가 믿었다고 생각한다. 사람이 예전의 나처럼 멍청한 데다 옆에 엄청나게 많은 걸 가르쳐주는 블러드 같은 개가 있다면, 사람은 개가 하는 말을 '뭐든' 믿게 되는 법이다. 선생님 말씀에는 반박하지 않으니까.

그 개가 읽기와 쓰기와 더하기와 빼기는 물론, 똑똑하다고 평가받는 사람이 알아야 할 모든 것을 (하지만 요즘은 알면 좋다는 정도지, 그런 것들이 아주 중요하게 여겨지지는 않는 듯하다) 가르쳐줬을 때는 더욱 그렇다.

(읽기는 정말 좋은 것이다. 폭탄 맞은 슈퍼마켓 같은 곳에서 통조림을 찾을 때 아주 요긴하다. 라벨에 찍힌 그림이 없어져도 좋아하는 걸 쉽게 골라낼 수 있으니 말이다. 읽을 줄 아는 덕분에 비트 통조림을 고르려다 만 적이 여러 번이다. 아, 난 비트가 싫다!)

그래서 나는 거기 있던 다른 개들이 아무도 못 맡는 계집애 냄새를 블러드만 맡을 수 있는 이유를 진짜로 믿었던 것 같다. 놈은 그 얘기를 시시콜콜 백만 번쯤 했다. 놈이 제일 좋아하는 이야기였다. 놈은 그걸 '역사'라 불렀다. 세상에, 나도 그렇게까지 멍청하진 않아! 나도 역사가 뭔지는 알았다. 역사란 지금보다 이전에 있었던 온갖 것이었다.

하지만 난 늘 블러드가 끌고 와서 읽게 시켰던 그 지저분한 책들보다는 놈한테서 직접 듣는 역사 얘기를 좋아했다. 그 특정한 역사는 몽땅 놈 자신에 관한 것이었는데, 놈이 하도 그 얘기를 하고 또 하는 바람에 그걸 다 외울… 아니, '귀에 박혔다'라는 말이 맞겠다. 그 얘기는 글자 그대로 한 글자 한 글자가 모두 내 귀에 들어와 박혔다.

그리고 개가 가르쳐준 것이 한 사람이 아는 것의 전부일 때, 그리고 그 개가 뭔가를 귀에 박히도록 말할 때, 사람은 결국 그 얘기를 믿게 되는 법이라고 나는 생각한다. 물론, 놈한테는 절대 그런 티를 내지 않았지만.

2

귀에 박히도록 놈이 한 얘기는 다음과 같다.

제3차 세계대전이 시작되기도 전인, 65년도 더된 옛날, 로스앤젤레스 세리토스에 뷰싱이라는 남자가 살았다. 그는 경비 겸 보초 겸 공격용으로 개를 길렀다. 도베르만과 그레이트 데인, 슈나우저, 일본산 아키타 등이었다. '진저'라는 이름의 네 살짜리 독일산 셰퍼드 암캐도 있었다. 진저는 로스앤젤레스 경찰청 마약 전담반에서 일했는데, 마리화나 냄새를 잘 맡았다. 아무리 꼭꼭 숨겨놔도 말이다. 사람들은 실험을 했다. 자동차 부속품 창고 안에 2만 5천 개의 상자를 쌓고, 그중 다섯 상자에 셀로판지로 밀봉하고 은박지와 두꺼운 갈색 종이로 싼 다음 마지막으로 삼중 상자에 넣어 겹겹이 봉한 마리화나를 넣었다. 진저는 7분 만에 다섯 상자를 모두 찾아냈다. 진저가 일을 하고 있던 그때, 북쪽으로 150킬로미터 떨어진 샌타바버라에서는 고래 연구학자들이 돌고래의 척수액을 추출해 증식시킨 물질을 차크마개코원숭이와 개에 투여했다. 개조 수술과 이식이 끝났다. 이 고래 실험에서 처음으로 나온 성공적 결과물이 '아부'라는 이름의 두 살짜리 수컷 풀리 종 개였는데, 감각적 느낌을 텔레파시로 전달할 수 있었다. 교배와 지속적인 실험을 통해 제3차 세계대전에 딱 맞춰 첫 전투용 개들이 생산됐다. 단거리에서 텔레파시를 쓸 수 있고, 조련하기 쉬우며, 인간 조종자와 연결되면 휘발유 냄새나 군대나 독가스나 방사능을 추적할 수 있었던 그 개들은 새로운 유형의 전쟁에 안성맞춤인 기습특공대가 되었다. 선택적으로 배양한 특성들이 종의 특질로 고정되었다. 도베르만과 그레이하운드, 아키타, 풀리, 슈나우저들은 갈수록 더욱 강한 텔레파시 능력을 갖추게 되었다.

그 진저와 아부가 블러드의 조상이었다.

놈이 그렇게 말했다. 천 번을. 딱 저런 식으로, 딱 저 단어들로, 자기가 들은 대로, 저 이야기를 천 번을 했다. 그때까지는 놈의 말을 믿지 않았다.

어쩌면 이 새끼가 특별할지도 몰라.

난 앞에서 세 번째 줄 통로 쪽 좌석에 웅크리고 앉은 솔로를 살펴보았다. 빌어먹을, 아무것도 알 수 없었다. 그 솔로는 야구모자를 푹 눌러쓰고 양모 재킷을 잔뜩 끌어올려 입었다.

"확실해?"

"더없이 확실해. 저건 여자애야."

"만약 그렇다면, 여자애가 남자애와 똑같이 자위하고 있는 거네."

블러드가 낄낄거렸다. "놀랐냐?" 놈이 빈정대듯이 말했다.

그 의문의 솔로는 〈로 딜〉이 다시 상영되는 동안에도 앉아 있었다. 만약 여자애라면 이해되는 일이었다. 솔로들 대부분과 떠돌이 패거리 전부는 난 잡한 영화가 끝나자 자리를 떴다. 지금 시각에 극장이 더 차지는 않을 테고, 그러는 사이 길거리도 한산해질 것이다. 그러면 저 남자인지 여자인지 알 수 없는 녀석은 어딘지 모르지만 자기가 왔던 곳으로 돌아갈 수 있을 것이다. 나도 〈로 딜〉이 다시 상영되는 내내 앉아 있었다. 블러드는 잠이 들었다.

의문의 솔로가 일어서자 나는 녀석이 맡겨뒀을지도 모르는 무기를 찾아서 나갈 정도의 시간차를 두고 따라나섰다. 나는 블러드의 커다란 털북숭이 귀를 끌어당기며 말했다. "자, 시작하지." 블러드가 몸을 수그린 채 나를 따라 통로를 올라왔다.

우리는 맡겼던 총을 찾아서 거리로 나섰다. 아무도 없었다.

"좋아, 개코 선생, 그 자식 어디로 갔어?"

"그 '년'이라니까. 오른쪽."

나는 탄약대에서 총알을 꺼내 브라우닝 소총에 장전하면서 출발했다. 폭탄을 맞아 껍데기만 남은 건물들 사이로 움직이는 사람은 아무도 보이지 않았다. 도시의 이 구역은 정말 지저분하고 형편없었다. 그렇지만 메트로폴 극장을 운영하는 한, 아워갱 놈들은 생계를 유지하지 위해 뭐라도 수리를 해야 할 필요가 전혀 없었다. 역설적인 일이었다. 드래곤 패거리는 다른 떠돌이 패거리들에게서 조공을 받기 위해 발전소 하나를 통째로 운영해야 했다. 테드 패거리는 저수지를 관리하느라 전전긍긍했다. 바스티나도 패거리는 마리화나 밭에서 농사꾼들처럼 일했다. 바베이도스 블랙 패거리는 도시 전역에 깔린 방사능 구덩이들을 청소하느라 매년 스무 명이 넘는 단원을 잃었다. 그런데 아워갱 패거리는 그저 저 영화관만 굴리면 되는 것이다.

약탈 생활을 하던 솔로들이 언제부터 떠돌이 패거리를 형성하기 시작했는지, 아워갱의 두목이 누구였는지 모르겠지만, 난 놈을 인정할 수밖에 없었다. 놈은 지독하게 똑똑한 새끼였으니까. 그는 어떤 사업을 해야 하는지 알았다.

"여기서 방향을 틀었어." 블러드가 말했다.

나는 도시 변두리와 여전히 언덕들에서 깜박이

는 푸르스름한 녹색 방사능 빛을 향해 경중경중 뛰기 시작하는 개의 뒤를 따랐다. 그때 놈의 말이 맞았다는 걸 알았다. 그쪽에 있는 거라곤 '비명쟁이'들과 아랫동네로 이어지는 강하 통로밖에 없었다. 여자애였군, 좋았어.

그 생각을 하자 볼기짝이 바짝 조여들었다. 난 여자애랑 잘 것이다. 블러드가 대형마트 지하에서 솔로 계집애 냄새를 맡은 이래로 한 달 만이다. 그년은 지저분했고, 나한테 사면발니를 옮겼지만, 분명 여자는 여자였으니까. 그리고 일단 그년을 묶고 두어 번 몽둥이로 후려치고 나니까, 상당히 괜찮았다. 그년도 좋아했다. 침을 뱉으며 자기가 풀려나기만 하면 날 죽일 거라고 말하긴 했지만. 난 만일을 위해 그년을 묶은 그대로 두고 나왔다. 혹시나 싶어 지지난 주에 가보니 사라진 뒤였다.

"조심해." 블러드가 주변의 그늘 때문에 거의 보이지 않는 구덩이를 피하며 말했다. 구덩이 안에서 뭔가가 움직였다.

아무도 살지 않는 구역을 돌아다니면서 나는

왜 몇몇을 제외한 솔로들과 떠돌이 패거리들 전부가 남자인지를 깨달았다. 전쟁 탓에 여자들 대부분이 죽었다. 전쟁이란 늘 그런 식이니까…. 적어도 블러드가 해준 말로는 그랬다. 태어나는 것들은 남자도 여자도 아니기 십상이었고, 모체에서 끌려 나오자마자 담벼락에 패대기쳐지는 신세가 됐다.

중산층들과 함께 아랫동네로 내려가지 않은 소수의 여자애들은 대형마트에서 봤던 그년처럼 혼자 다니는 독한 년들이었다. 물건을 밀어 넣었다간 면도날로 잘려버릴 것처럼 거칠고 억셌다. 여자 맛 한번 보기가 갈수록 힘들어졌고, 손에 들어오는 것들도 갈수록 나이가 들어갔다.

하지만 아주 가끔은 떠돌이 패거리의 소유물로 사는 데 지친 어린 계집애가 나오거나, 대여섯 패거리들이 작당하고 경계가 심하지 않은 어느 아랫동네를 습격하거나, 이번처럼 멀쩡한 아랫동네 중산층 계집애가 욕정에 사로잡혀 난잡한 영화가 어떤 건지 보러 나와서 돌아다니는 일이 있었다.

난 여자랑 잘 것이다. 아 젠장, 더는 못 참겠어!

3

외진 이곳에는 폭파된 채 텅 빈 건물 잔해들 말고는 아무것도 없었다. 하늘에서 철제 프레스가 내려와 한 방 꾹 누른 것처럼, 한 구역 전체가 납작하게 가루가 되었다. 계집애는 겁을 집어먹고 잔뜩 긴장한 모양이었다. 힐끗힐끗 뒤쪽과 좌우를 살피며 산만하게 움직였다. 여자애는 이곳이 위험하다는 걸 알았다. 그게, '얼마나' 위험한지 알았더라면 좋았을 텐데.

포격을 받아서 납작해진 그 구역 끝쯤에 기왕 못 맞혔으니 그냥 놔두자고 결정한 것 같은 건물이 한 채 홀로 서 있었다. 여자애가 조심스레 안으로 들어가더니 잠시 후에 까딱거리는 불빛이 보였다. 손전등인가? 아마도 그렇겠지.

우리는 길을 건너 그 건물을 둘러싼 어둠 속으로 잠입했다. YMCA 건물의 남은 일부였다.

YMCA란 '기독교청년회(Young Men's Christian Association)'라는 뜻이다. 블러드가 읽는 법을 가르쳐주었다.

그런데 저 빌어먹을 기독교청년회라는 건 뭐지? 가끔은 읽을 줄 아는 덕분에 멍청할 때보다 궁금한 게 많아진다.

여자애가 밖으로 나오지 않았으면 싶었다. 안에 여자애와 자기에 썩 괜찮은 데가 있었으니까. 그래서 빈 껍데기 건물로 들어가는 정문 계단 옆에 블러드를 세워 지키게 하고 나는 뒤쪽으로 돌아갔다. 물론 문과 창문은 죄 떨어져 나갔다. 안으로 들어가는 건 일도 아니었다. 창턱을 넘었다. 안은 어두웠다. 오래된 YMCA 건물 저쪽에서 돌아다니는 여자애 소리 말고는 아무 소리도 들리지 않았다. 여자애가 무장을 했는지는 모를 일이었지만, 알아볼 기회도 만들지 않을 작정이었다. 나는 브라우닝 소총을 비 끄러매고 대신 45구경 권총을 꺼냈다. 노리쇠를 당길 필요는 없었다. 약실에는 언제나 총알을 장전 해두고 있으니까.

나는 조심스럽게 걸음을 옮기기 시작했다. 그 방은 탈의실 같은 곳이었다. 바닥이 온통 유리와 잔해에 뒤덮였고, 기포가 생겨 페인트가 들뜬 철제 사물함 한 줄이 통째로 남아 있었다. 아주 오래전 에 창으로 들어온 섬광이 그것들을 덮쳤을 것이다. 방을 가로질러 가는 동안 고무창을 댄 운동화에서 는 아무 소리도 나지 않았다.

문이 경첩 하나에 매달려 있었다. 나는 벌어진 역삼각형 틈새로 문을 통과했다. 수영장이 나왔다. 커다란 수영장은 텅 비었고, 얕은 쪽 끝에는 타일 이 촘촘이 붙었다. 심한 악취가 났다. 놀랄 일도 아 닌 것이, 한쪽 벽을 따라 죽은 놈들이, 아니 죽은 놈들의 뭔지 모를 잔해들이 놓여 있었다. 누구인지 형편없는 청소부가 놈들을 쌓아놓기만 하고 묻지를 않은 것이다. 난 목에 두른 다용도 손수건을 끌어 올려 코와 입을 막고 계속 전진했다.

수영장을 가로지른 다음 천장에 전구들이 달린 짧은 복도를 지났다. 앞을 보는 데는 아무 문제가 없었다. 터진 여러 창문과 한쪽 모서리가 사라진 천장에서 달빛이 들어왔다. 복도 끝에 난 문 바로 안쪽에서 여자애가 움직이는 소리가 또렷이 들렸다. 나는 벽에 바싹 붙어서 그 문으로 걸음을 옮겼다. 문은 조금 열린 채였지만 벽에서 떨어진 횟가루 덩어리들과 철망이 가로막고 있었다. 열려고 당기면 소리가 날 것이 불 보듯 뻔했다. 적당한 때를 기다려야 했다.

나는 벽에 찰싹 붙어서 여자애가 안에서 무얼 하는지 확인했다. 그곳은 천장으로 타고 오르는 밧줄들이 늘어진 아주 넓은 체육관이었다. 건전지 여덟 개가 들어가는 땅딸막하고 네모진 손전등이 뜀틀 위에 놓여 있었다. 주위엔 녹이 슨 금속 평행봉과 높이가 2.5미터쯤 되는 철봉이 있고, 흔들리는 링과 트램펄린과 커다란 나무 평균대도 있었고, 저쪽에는 벽에 고정된 평행 손잡이와 작은 평균대들과 평평하거나 비스듬한 사다리들과 뜀틀 상자 두 무더기도 있었다. 나는 내부를 익히기 위해 하나하나 눈여겨보았다. 내가 폐차장에 얼기설기 만들어놓은 체육관보다 운동하기에 더 좋아 보였다. 자고로 남자라면 몸을 잘 만들어야 하는 법이다. 솔로가 될 작정이라면 말이다.

여자애는 변장용으로 입었던 옷을 벗고 알몸으로 덜덜 떨고 있었다. 그래, 싸늘한 날씨였다. 피부에 오돌토돌 소름이 돋은 것이 보였다. 키가 170센티미터쯤 돼 보였고, 젖통이 근사했다. 다리는 약간 마른 편이었다. 여자애가 머리를 빗었다. 머리카락이 등 뒤로 한참 늘어졌다. 손전등 불빛으로는 머리카락이 붉은색인지 밤색인지 분간하기 어려웠지만, 최소한 금발은 아니었는데, 그게 좋았다. 난 빨간 머리를 좋아하니까. 그래도 젖통은 근사했다. 얼굴은 물결치듯 부드럽게 흘러내린 머리카락에 가려 보이지 않았다.

입었던 누더기는 바닥에 널브러져 있고, 입으려

는 옷가지가 뜀틀 위에 놓여 있었다. 여자애는 약간 우스꽝스럽게 생긴 굽이 달린 작은 신을 신고 있었다.

나는 움직일 수 없었다. 갑자기 꼼짝할 수가 없게 되었다. 여자애는 근사했다. 정말로 근사했다. 그냥 그 자리에 서서 여자애의 허리가 안쪽으로 당겨지고 엉덩이가 바깥쪽으로 굽는 모습을, 여자애가 손을 올려 머리카락을 끝까지 빗어 내릴 때마다 젖통 양쪽의 근육이 땅기는 모습을 바라보는 것만으로도 정말로 엄청난 자극을 느꼈다. 그냥 서서 계집애가 그런 짓을, 뭐랄까, 아주, 음, 여자다운 짓을 하는 걸 보는 것만으로 그런 자극을 받다니, 정말로 기묘한 느낌이었다. 그게 아주 좋았다.

난 그렇게 눈을 떼지 못하고 마냥 그 계집애를 바라보았다. 내가 지금껏 본 계집애들은 모두 블러드가 냄새를 맡아주면 내가 낚아채 포획한 더러운 쓰레기들이었다. 아니면 그 난잡한 영화에 나오는 푸짐한 년들이든가. 이런 애는 없었다. 연약하고, 소름이 돋았어도 아주 부드럽고 매끄러운, 이런 애

는 절대 없었다. 그 애를 지켜보며 밤이라도 새울
수 있을 것 같았다.

여자애가 빗을 내려놓고 손을 뻗어 옷가지 더미
에서 팬티를 꺼내 꿈틀거리며 입었다. 그러고는 브
라를 집어 입었다. 계집애들이 브라를 그렇게 입을
거라고는 꿈에도 상상을 못 했다. 여자애는 브라를
반대 방향으로 허리에 두르고 호크를 채웠다. 그리
고 브라의 컵이 앞으로 오도록 돌린 다음 위로 끌어
올려 가슴을 채워 넣었는데, 먼저 한쪽을 넣은 다음
에 다른 쪽을 넣었고, 마지막으로 끈을 어깨 위로
끌어올렸다. 여자애가 겉옷으로 손을 뻗는 순간, 나
는 철망과 회반죽 덩어리를 한쪽으로 밀고서 문을
잡고 홱 잡아당겼다.

여자애는 옷을 두 팔에 꿰어 쳐들고 머리를 집
어넣은 참이었다. 옷 안에서 잠시 팔과 머리가 엉켰
다. 문을 잡아당기자 나무와 회반죽 덩어리들이 떨
어져 내리며 우당탕거리는 소리와 무거운 것이 긁
히는 소리가 났다. 나는 풀쩍 안으로 뛰어들어 여자
애가 옷 밖으로 얼굴을 내밀 틈도 없이 덮쳤다.

41

여자애가 비명을 지르기 시작했고, 나는 옷을 좌악 찢어발겼다. 여자애로서는 그 우당탕거리는 소리와 긁는 소리가 다 무슨 일인지 알아챌 틈도 없이 일어난 일이었다.

여자애의 얼굴은 혼란이었다. 그저 혼란일 뿐이었다. 눈이 컸다. 그늘이 져서 무슨 색인지는 분간할 수 없었다. 정말로 근사한 이목구비였다. 커다란 입, 작은 코, 나처럼 높고 도드라진 광대뼈, 그리고 오른쪽 뺨에 보조개 하나. 여자애가 잔뜩 겁에 질린 채 나를 바라보았다.

그리고 그때… 이게 정말로 기묘한데…, 그 여자애한테 무슨 '말'이라도 해야 할 것 같은 기분이 들었다. 무슨 말을 해야 할지는 몰랐다. 그냥 뭐라도 말해야 할 것 같았다. 여자애가 겁먹은 걸 보니 마음이 편치 않았지만, 그렇다고 내가 달리 어쩌겠는가. 그러니까, 결국은 강간할 건데, 마음 편히 받아들이라고 잘 말할 자신은 없었다. 어쨌든 지상으로 올라온 건 그 애니까. 하지만 그래도, '어이, 겁먹지 마. 그냥 너랑 자고 싶은 것뿐이야'라고 말하고 싶었다. (전에는 이런 적이 한 번도 없었다. 계집애한테 무슨 말이라도 하고 싶었던 적 말이다. 그냥 밀고 들어가는 것, 그게 다였다.)

하지만 그 순간은 지나갔다. 다리를 거니 여자애가 풀썩 쓰러졌다. 권총을 겨누자 입이 작은 동그라미 모양으로 벌어졌다.

"내가 지금 저기 있는 레슬링 매트를 가지고 올 거야. 그러는 편이 나아, 편안할 테니까. 그렇지? 조금이라도 움직이면 다리를 쏴서 날려버리겠어. 그러면 따먹히는 건 똑같겠지만, 다리가 하나 없이 따먹히겠지."

나는 내 말이 무슨 뜻인지 이해했다는 신호가 보일 때까지 기다렸다. 마침내 여자애가 천천히, 정말로 천천히 고개를 끄덕였다. 나는 권총을 겨눈 채 먼지를 뒤집어쓴 매트 더미로 가서 하나를 끌어냈다.

매트를 여자애가 있는 곳까지 끌고 와 조금이라도 더 깨끗한 쪽이 위로 오도록 뒤집고서 총구를 까닥여 여자애한테 올라가라는 신호를 보냈다. 여자애는 두 손으로 바닥을 짚고 무릎을 세운 자세로 매트에 가만히 앉아서 나를 뚫어지게 쳐다보았다.

나는 지퍼를 내리고 바지 한쪽을 밀어 내리기 시작했다. 그러다 문득 보니 여자애가 정말 재미있다는 듯이 보고 있는 게 아닌가. 난 동작을 멈추었다. "뭘 봐?"

화가 났다. 왜 화가 났는지는 몰랐지만, 화가 났다.

"이름이 뭐야?" 여자애가 물었다. 보드라운 털로 뒤덮인 목구멍에서 나오는 듯한, 아주 부드럽고도 약간은 흐릿한 목소리였다.

여자애가 계속 나를 빤히 보면서 대답을 기다렸다.

"빅." 나는 대답했다. 여자애는 뭔가를 더 기다리는 것 같았다.

"빅 다음은?"

무슨 소린가 하다가 마침내 뜻을 알아들었다. "빅. 그냥 빅. 그게 다야."

"음, 그럼 어머니와 아버지 성함은?"

나는 그제야 웃음을 터트리며 다시 바지를 내리기 시작했다. "세상에, 이런 멍청한 년을 다 보겠

네." 그러고도 좀 더 웃었다. 여자애는 기분이 상한 것 같았다. 그게 또 화가 났다. "그만 쳐다봐, 아니면 이빨을 몽땅 털어줄 테니까!"

여자애는 두 손을 무릎 사이에 끼워 넣었다.

바지를 발목까지 내렸다. 신발에 걸려 벗겨지지 않았다. 나는 한 발로 중심을 잡고 다른 쪽 발을 바닥에 문대 한쪽 신발을 벗었다. 권총으로 여자애를 겨누며 운동화를 벗는 일은 쉽지 않았다. 하지만 해냈다. 내가 아랫도리를 훤히 드러낸 채 서자 여자애는 손을 엉덩이 밑에 깔면서 책상다리를 하고는 상체를 조금 숙였다.

"벗어."

잠시 아무 반응이 없어서 그년이 뭔가 소동을 벌이는 건 아닌가 생각했다. 하지만 그 순간 여자애가 손을 뒤로 돌려 브라의 후크를 풀었다. 그러고는 몸을 젖히며 엉덩이에 걸친 팬티를 벗었다.

돌연히 겁먹은 표정이 사라졌다. 여자애는 나를 더욱 뚫어지게 쳐다보았고, 나는 그제야 그 눈이 푸르다는 걸 알았다. 이제부터가 정말로 기묘한데….

할 수가 없었다. 내 말은, 정말로 그랬다는 건 아니다. 내 말은, 그 애와 떡을 치고는 싶었는데, 뭐랄까, 여자애가 너무 부드럽고 예쁜 데다 계속 날 쳐다보니까, 날 아는 솔로라면 아무도 믿지 않겠지만, 정신을 차려 보니 여자애한테 말을 걸고 있었다. 무슨 미친놈처럼 운동화 한 짝은 벗어 던지고 바지는 발목에 걸친 채로 말이다.

"넌 이름이 뭐야?"

"퀼라 준 홈즈."

"이상한 이름이네."

"어머니 말로는 그렇게 드문 이름은 아니래, 예전 오클라호마에서는."

"네 부모가 거기 출신이야?"

여자애가 고개를 끄덕였다. "3차 대전 전에."

"지금은 아주 늙었겠네."

"그래. 하지만 건강하셔. 내가 보기엔."

우리는 각자의 자리에서 꼼짝도 못 한 채 이야기를 나눴다. 그 애는 분명 추웠을 것이다. 떨고 있었으니까. "음." 난 여자애 옆에 누울 나름의 준비를 하며 말했다. "내 생각엔 우리…."

빌어먹을! 빌어먹을 블러드 자식! 밖에 있던 놈이 딱 그 순간에 쏜살같이 안으로 뛰어들었다. 놈은 먼지를 일으키며 철망과 회반죽 덩어리들 틈새로 뛰어 들어와 엉덩이를 깔고 앉은 채로 우리가 있는 곳까지 미끄러져 왔다. "무슨 일이야?" 내가 힐난하는 투로 말했다.

"누구랑 얘기하는 거야?" 여자애가 물었다.

"저놈. 블러드."

"저 개!?!"

블러드가 여자애를 노려보더니 무시했다. 놈이 뭔가 말을 하려는 찰나에 여자애가 다시 끼어들었다. "그렇다면 사람들 말이 사실이었구나. 너희들이 동물과 얘기할 수 있다고…."

"밤새도록 저년 얘기를 들을래, 아니면 내가 왜 왔는지 들을래?"

"알았어, 왜 왔어?"

"문제가 생겼어, 앨버트."

"이봐, 쓸데없는 소리는 집어치우고, 무슨 일이야?"

블러드가 고갯짓으로 YMCA 정문 쪽을 가리켰다. "떠돌이 패거리야. 건물을 에워쌌어. 열다섯에서 스물쯤 되는 거 같아. 더 많을 수도 있고."

"우리가 여기 있는 걸 대체 어떻게 알았지?"

블러드가 분하다는 표정을 짓더니 고개를 떨궜다. "응?"

"극장에서 여자애 냄새를 맡은 개가 몇 마리 더 있었던 것 같아."

"멋지군."

"이제 어떻게 해?"

"이제 놈들과 대치해야지. 뭐 더 좋은 안이라도 있어?"

"하나 있어."

나는 기다렸다. 놈이 씩 웃었다.

"바지나 올려."

4

퀼라 뭐시기라는 여자애는 아주 안전했다. 나는 10여 장쯤 되는 레슬링 매트로 일종의 피신처를 만들어주었다. 유탄에 맞을 일도 없을 것이고, 놈들이 여자애가 숨은 곳을 알지 못하는 한 놈들에게 발각되는 일도 없을 것이다. 나는 대들보에 걸린 밧줄을 타고 올라가 브라우닝 소총과 탄환 두 줌을 늘어놓았다. 그러고는 브렌이나 톰슨 같은 자동소총이 생기게 해달라고 신에게 빌면서 45구경 권총 약실마다 빠짐없이 총알이 장전됐는지 확인하고, 여분 탄창 클립들을 대들보에 내려놓았다. 체육관 전체가 시원하게 사격 범위에 들어왔다.

블러드는 정문 바로 근처의 어두운 곳에 엎드렸다. 가능하면 떠돌이 패거리의 개들을 먼저 제거하라고 놈이 일렀다. 그러면 자신이 자유롭게 움직일 수 있을 거라고.

그건 걱정거리도 아니었다.

나로서는 출입구가 하나만 있는 다른 방에 숨고 싶었지만, 떠돌이들이 이미 건물 안으로 들어왔는지 어떤지 알 방법이 없으니, 그냥 그곳에서 최선을 다해보는 게 맞을 터였다.

사방이 고요했다. 퀼라조차도. 꼭꼭 숨어서 아무 소리도 내지 않는 편이 좋을 거라고, 놈들 스무 명보다는 나와 함께 있는 편이 나을 거라고 설득하는 데 귀중한 몇 분을 허비했다. "엄마 아빠를 다시 보고 싶다면 말이지." 나는 경고했다. 그 뒤로 여자애는 매트 더미에 파묻힌 채 아무 소란도 일으키지 않았다.

고요.

그때 두 가지 소리가 동시에 들렸다. 뒤쪽 수영

장에서 회반죽 부스러기들을 밟는 부츠 소리가 들렸다. 아주 작은 소리였다. 그리고 정문 한쪽 옆에서 금속이 나무에 부딪히는 팅 소리가 났다. 그래, 양쪽에서 포위하려는 심산이구나. 뭐, 난 준비 끝났으니까.

다시 고요.

나는 브라우닝 소총으로 수영장 쪽 문을 겨눴다. 문은 내가 들어올 때부터 열린 채였다. 놈의 키가 180센티미터쯤 된다고 가정하고, 45센티미터쯤 아래쪽을 겨냥하면 놈의 가슴을 맞출 것이다. 굳이 머리를 쏘려고 애쓸 필요가 없다는 건 진작부터 알았다. 몸에서 가장 넓은 부위를 노려야 한다. 가슴과 배, 몸통 말이다.

갑자기 바깥에서 개 짖는 소리가 들리더니 정문 근처에 있던 어둠의 일부가 떨어져 나와 체육관 안으로 들어왔다. 블러드의 바로 맞은편이었다. 나는 브라우닝 소총을 움직이지 않았다.

정문의 떠돌이가 벽을 따라 한 발짝 움직여 블러드에게서 멀어졌다. 그러고는 팔을 젖히더니 뭔가를 체육관 반대쪽으로 던졌다. 돌멩이나 금속조각 같은 걸 던져 사격을 유도하려는 속셈인 모양이었다. 나는 브라우닝 소총을 움직이지 않았다.

놈이 던진 물체가 바닥에 떨어지자 수영장 쪽문 양편에서 소총을 갈길 만반의 준비를 한 떠돌이 두 명이 튀어나왔다. 놈들이 행동을 개시하기도 전에 나는 첫 발을 쏘았고, 표적을 바꿔 두 번째 총알로 다른 놈을 맞췄다. 두 놈이 바닥에 꼬꾸라졌다. 심장을 맞춘, 명중이었다. 콰당, 둘은 쓰러졌고, 아무도 움직이지 않았다.

정문 옆에서 미끼를 던졌던 놈이 나가려고 돌아서자 블러드가 달려들었다. 그렇지, 암흑 속에서 뛰쳐나와 콱!

블러드가 놈이 겨눈 소총의 크로스바 위로 곧장 뛰어올라 놈의 목덜미에 송곳니를 박아 넣었다. 놈이 비명을 질렀고, 블러드는 뜯어낸 놈의 살점을 물고 뛰어내렸다. 놈이 보글거리는 끔찍한 소리를 내면서 한쪽 무릎을 꿇었다. 내가 머리에 한 발을 박아넣자 놈이 고꾸라졌다.

다시 고요해졌다.

나쁘지 않았다. 진짜 진짜 나쁘지 않았다. 세 명을 처치했고, 놈들은 아직 우리 위치를 모른다. 블러드가 다시 정문 옆 어둠 속으로 사라졌다. 블러드는 아무 말도 하지 않았지만, 난 녀석이 무얼 생각하는지 알았다. 분명 열일곱 중 셋, 아니면 스물 또는 스물둘 중 셋, 숫자를 세겠지. 정확한 숫자를 알 방법은 없었다. 여기서 일주일을 싸워도 놈들을 다 처치했는지, 아니면 일부만 처치했는지, 아니면 전혀 처치하지 못했는지 알 수 없었다. 놈들은 마음대로 몰려갔다 다시 몰려올 수 있지만, 내겐 소진되는 총알과 굶주림과 울면서 내 신경을 분산시킬 퀼라 뭐시기라는 여자애와 햇빛과, 우리가 굶주리다 못해 뭔가 바보 같은 짓을 할 때까지, 아니면 총알을 모두 소진할 때까지 저기서 죽치고 기다릴 놈들밖에 없을 것이다. 그리고 그때가 되면 놈들은 우릴 덮치겠지.

정문으로 떠돌이 하나가 전속력으로 뛰어들더니, 풀쩍 뛰었다 구르고 다시 방향을 틀어 구르는 식으로 이동했다. 놈이 체육관 세 모퉁이를 향해 세 번 방향을 틀고 나서야 브라우닝 소총을 겨냥할 수 있었다. 그때쯤 놈은 내 22구경 총알을 낭비하지 않아도 될 만큼 아래쪽으로 가까이 다가와 있었다. 나는 권총을 들어 소리 없이 놈의 뒤통수를 날렸다. 총알이 깔끔하게 들어가서는 놈의 머리카락을 거의 몽땅 걷으며 나갔다. 놈이 그 자리에 쓰러졌다.

"블러드! 총!"

블러드가 어둠 속에서 뛰쳐나와 놈이 들고 있던 소총을 입으로 낚아채 저쪽 구석에 쌓인 레슬링 매트 더미로 끌고 갔다. 매트들 틈에서 팔이 하나 쏙 나와 소총을 붙잡아 끌고 들어가는 것이 보였다. 음, 저기라면 필요할 때까지 총이 안전하게 있긴 하겠군. 저 용감한 개자식 같으니. 블러드 놈이 죽은 떠돌이를 이리저리 뒤지면서 몸에 두른 탄띠를 벗겨내기 시작했다. 시간이 꽤 걸렸다. 탄띠를 벗기는 사이에 문간이나 창문 밖에 있는 떠돌이들의 표적이 될 수도 있었지만, 블러드는 해냈다. 용감한 개새끼 같으니라고. 여기서 나가면 놈한테 뭔가 근사한 먹을거리를 줘야지. 난 그 어두운 곳에 올라앉아 씩 웃었다. 아니지, 이 상황을 모면하고 나면 놈한테 줄 부드러운 살점을 구할 걱정은 하지 않아도 될 것이다. 부드러운 살점이 체육관 바닥 여기저기에 누워 있으니까.

블러드가 탄띠를 어둠 속으로 끌고 들어가자마자 떠돌이 두 명이 개를 데리고 침입했다. 차례로 창문을 넘어 들이닥친 놈들은 뛰어내리자마자 앞으로 구르며 각기 반대 방향으로 향했고, 개 두 마리, 그러니까 형편없이 생긴 집채만 한 아키타와 똥색 도베르만 암컷은 정문으로 총알처럼 달려 들어와 아무도 없는 두 방향으로 나뉘어 달려갔다. 권총으로 아키타를 쓰러뜨렸지만, 도베르만이 곧바로 블러드에게 달려들었다.

하지만 좀 전에 발포할 때 내 위치가 들킨 듯했다. 떠돌이 하나가 다급하게 내가 앉은 대들보 주변에 30-06구경 덤덤탄을 난사했다. 자동권총을 내려놓고 브라우닝 소총으로 손을 뻗는 찰나에 내려놨던 권총이 대들보에서 미끄러지기 시작했다. 나는 황급히 권총을 잡으려 했고, 그 덕분에 간신히 목숨을 건졌다. 총을 잡으려고 몸을 숙이는 순간 떠돌이가 내가 앉았던 곳에 총질을 가한 것이다. 권총이 미끄러져 콰당 소리를 내며 체육관 바닥에 떨어졌다. 내가 팔을 달랑거리며 대들보에 엎드린 순간, 놈은 총이 떨어지는 소리에 화들짝 놀랐다. 놀란 놈이 총을 갈겨댔고, 그 순간 다른 윈체스터 소총 소리가 들렸다. 무사히 어둠 속에 숨어 있던 다른 떠돌이가 가슴에 난 구멍에서 꿀럭꿀럭 피를 토해내며 고꾸라졌다. 매트 더미에 숨은 퀼라가 쏜 것이었다.

대체 일이 어떻게 돌아가는지 정신을 차릴 여유조차 없었다. 블러드와 도베르만이 끔찍한 소리를 내며 엉킨 채 굴렀다. 30-06구경 소총을 가진 떠돌이가 또다시 총알을 난사했고, 그중 한 발이 대들보에 걸쳐놓은 내 브라우닝 총구를 맞춰 옆으로 튕겨버렸다. 별안간에 브라우닝 소총도 떨어지고 말았다. 난 무기도 없는 맨몸이 되었고, 빌어먹을 떠돌이 새끼는 어둠 속에서 주춤거리며 나를 기다렸다.

다시 윈체스터 소총의 총성이 들렸다. 그러자 떠돌이가 매트 더미를 겨냥하고 총을 발사했다. 여자애가 몸을 웅크린 채 물러앉았고, 더는 그 여자애한테서 기대할 게 없을 거라는 걸 나는 알았다. 하지만 난 도움이 필요치 않았다. 그 순간에, 놈이 여자애한테 집중한 사이에 나는 대들보에 매달린 밧줄을 붙잡고 폭탄 구덩이에서 새된 소리를 지르는 비명쟁이처럼 큰 소리를 지르며 뛰어내렸다. 밧줄에 쓸려 손바닥이 까지는 게 느껴졌다. 제법 높이가 있어서 줄을 잡은 몸이 앞뒤로 흔들렸다. 나는 몸을 뒤쳤다. 나는 매번 다른 방식으로 몸을 뒤치며 이쪽으로 갔다가 훌쩍 몸을 던져 저쪽으로 가는 식으로 이리저리 움직였다. 그 자식이 내 궤적을 쫓으려 애쓰면서 계속 총을 쏘아댔지만, 난 계속해서 총알 세례를 비껴갔다. 그러다 놈의 총알이 떨어지자, 나는 세게 발을 굴러 최대한 뒤쪽으로 갔다가 돌아오는 길에 밧줄을 놓으며 놈이 섰던 구석을 향해 풀쩍 몸을 날렸다. 놈이 거기 있었다. 난 바로 놈에게 달려들었고, 벽으로 날아간 놈을 타고 앉아 두 엄지로 눈을 푹 찔렀다. 놈이 비명을 질렀고, 개들이 비명을 질렀고, 여자애가 비명을 질렀다. 나는 그 자식이 움직이지 않을 때까지 놈의 머리를 바닥에 내리찧었다. 그러고는 빈 30-06구경 소총을 움켜쥐고 놈이 더는 날 도발하지 못할 게 확실해질 때까지 놈의 머리를 내리쳤다.

나는 내 권총을 찾아서 도베르만을 쏘았다.

블러드가 바닥에서 일어나 몸을 털었다. 상처가 심했다. "고마워." 놈이 중얼거리고는 어두운 곳으로 가서 엎드리더니 상처를 핥았다.

퀼라에게 가보니 울고 있었다. 우리가 죽인 그 모든 놈들 때문에. 특히 자신이 죽인 한 놈 때문에. 여자애가 소리 내 우는 걸 그치게 할 방도가 없어서 그년의 얼굴을 철썩 갈기고는 덕분에 목숨을 구했다고, 제법 도움이 됐다고 말했다.

블러드가 꾸물꾸물 걸어왔다. "여기서 어떻게 나가지, 앨버트?"

"생각 좀 해보자."

난 생각했지만, 희망이 없다는 걸 알았다. 우리가 아무리 많은 떠돌이를 처치하더라도 바깥에는 더 많은 떠돌이가 있다. 그리고 지금쯤 이 일은 남자의 자존심이 걸린 문제가 되었을 것이다. 그들의 명예 말이다.

"불은 어때?" 블러드가 제안했다.

"불이 타는 사이에 나가자고?" 나는 고개를 저었다. "놈들이 사방 천지에 깔렸을 거야. 소용없어."

"우리가 여기서 나가지 않으면 어떨까? 우리가 불과 함께 타버린다면?"

난 놈을 쳐다보았다. 용감한 놈…. 그리고 지독하게 영리한 놈.

5

우리는 목재와 매트와 운동용 사다리와 뜀틀과 걸상과 그 외에 불에 탈 만한 건 뭐든 모아 체육관 한쪽에 설치된 목제 칸막이에 기대 쌓아 올렸다. 퀼라가 창고에서 찾아낸 등유 깡통으로 우리는 그 빌어먹을 쓰레기 더미 전체에 불을 붙였다. 그러고는 블러드를 따라 놈이 찾아낸 장소로 갔다. YMCA 긴물 지하의 보일러실이었다. 우리는 빈 보일러 안으로 기어 든 다음 공기가 들어올 수 있도록 가스 배출구는 열어 둔 채 문을 꽉 닫았다. 매트 한 장과 들 수 있는 한 최대한 많은 탄약과 떠돌이들의 소총과 권총도 챙겨 들어갔다.

"뭔가 느껴지는 거 있어?" 블러드에게 물었다.

"조금. 많진 않아. 지금 한 놈의 동태를 살피는 중이야. 건물은 잘 타고 있어."

"놈들이 떠나면 알 수 있겠어?"

"아마. 놈들이 떠난다면 말이지만."

난 자리를 잡고 앉았다. 퀼라는 지금껏 벌어진 일들의 충격으로 덜덜 떨고 있었다.

"마음 편히 먹어." 내가 말했다. "아침 정도면 여기가 다 무너져 내릴 테고, 놈들은 잔해를 뒤져서 죽은 고깃덩어리들을 잔뜩 찾아낼 거야. 아마 계집애 몸뚱이를 그렇게 열심히 찾지는 않겠지. 그러면 다 괜찮아질 거야. 우리가 여기서 질식해 죽지만 않는다면."

여자애가 아주 살짝 미소를 지으며 용감한 척했다. 괜찮은 년이었다. 여자애가 매트에 누워서 눈을 감고 잠을 청했다. 기진맥진해서 나도 눈을 감았다.

"감당할 수 있겠어?" 블러드에게 물었다.

"그럴 거 같아. 넌 좀 자는 편이 좋겠어."

난 여전히 눈을 감은 채 고개를 끄덕이고는 모로 누웠다. 뭔가를 생각하기도 전에 의식이 끊겼다.

정신이 들어보니 퀼라가 내 품으로 파고들어 팔로 내 허리를 감은 채 깊은 잠에 빠져 있었다. 거의 숨을 쉴 수가 없었다. 보일러 안은 불구덩이나 다름없었다. 아니 빌어먹을, 그냥 불구덩이였다. 손을 뻗었다가 보일러 표면이 너무 뜨거워서 갖다 대지도 못하고 어이쿠 소리를 냈다. 블러드도 매트 위로 올라왔다. 우리가 제대로 그을리지 않도록 막아주는 건 그 매트가 유일했다. 블러드는 몸을 둥글게 말고 잠들었다. 여자애도 잠들었다. 여전히 발가벗은 채.

손을 여자애의 가슴에 올렸다. 따뜻했다. 여자애가 몸을 뒤척이면서 품속으로 더 파고들었다. 내 물건이 딱딱해졌다.

겨우 바지를 벗고 몸을 굴려 여자애에 올라탔다. 여자애 다리를 벌리는데, 뭔가를 느낀 여자애가 번쩍 정신을 차렸지만, 이미 너무 늦었다. "안 돼.

그만… 뭘 하는 거… 안 돼, 하지 마….”

하지만 여자애는 아직 잠이 덜 깬 상태였고, 약했다. 어쨌거나 진짜로 나와 싸울 작정은 아니었을 것이다.

안으로 밀고 들어가자 여자애가 당연히 소리를 질렀지만, 그 뒤로는 괜찮았다. 레슬링 매트가 피범벅이 됐다. 블러드는 그냥 계속 잠들어 있었다.

정말로 달랐다. 보통은, 블러드를 시켜 여자를 찾게 시켰을 때는, 붙잡아 때리고 쑤신 다음, 뭔가 나쁜 일이 벌어지기 전에 도망가는 게 정석이었다. 하지만 그 여자애는 흥분하자 매트에서 상체를 일으켜 내 갈비뼈를 부러뜨리는 게 아닐까 싶을 정도로 꽉 껴안았고, 그러고는 천천히, 천천히, 내가 폐차장에 만든 임시변통 체육관에서 다리 운동을 할 때처럼 아주 천천히 다시 몸을 뉘었다. 눈을 감은 여자애의 표정은 편안해 보였다. 그리고 행복해 보였다. 난 확신했다.

우리는 여러 번 그 짓을 했다. 몇 번 이후로는 여자애가 먼저 하자고 했고, 나는 ‘아니’라고 말하지 않았다. 그러고는 나란히 누워 얘기를 했다.

여자애가 블러드랑 지내는 게 어떠냐고 물었고, 나는 전투용 개들이 어떻게 텔레파시 능력을 갖게 됐는지, 놈들이 어떻게 하다 스스로 먹이를 찾는 능력을 잃어버렸는지, 그래서 솔로들과 떠돌이 패거리가 어떻게 그 일을 대신해줘야 하는지, 그리고 나 같은 솔로들이 계집애들을 찾을 때 블러드 같은 개들이 얼마나 유용한지 말했다. 여자애는 거기에 대해 아무 말도 하지 않았다.

나는 여자애한테 아랫동네 생활은 어떠냐고 물었다.

"괜찮아. 하지만 늘 너무 조용해. 다들 예의 바르고 정중하지. 그냥 작은 마을이야."

"네가 사는 데는 어디야?"

"토피카. 여기서 진짜 가까워."

"그래, 나도 알아. 여기서 1킬로미터도 안 떨어진 데에 강하 통로가 있지. 거기까지 한 번 가본 적 있어. 어떤가 둘러보려고."

"아랫동네에서 살아본 적 있어?"

"아니. 그러고 싶지도 않아."

"왜? 아주 괜찮아. 좋아할 거야."

"돌았군."

"그 말 엄청 무례해."

"난 원래 엄청 무례해."

"늘 그렇진 않아."

갈수록 화가 났다. "이봐, 이 미친년아, 대체 생각이 있는 거야? 난 널 납치해서 막 대했고, 대여섯 번은 강간했어. 그런 나한테 좋을 게 뭐 있다고, 어? 대체 정신이 있는 거야? 머리가 모자라? 누군가가 널…."

여자애가 나를 보며 웃었다. "신경 안 써. 난 이거 하는 게 좋아. 또 하고 싶어?"

정말로 큰 충격이었다. 난 여자애한테서 떨어졌다. "대체 넌 뭐가 잘못된 거야? 너같이 아랫동네에서 온 계집애가 솔로들한테서 어떤 취급을 받는지 진짜 몰라? 아랫동네 계집애들이 부모들한테서 늘 듣는 소리 말이야. '위쪽 세상에 가지 마, 올라가자마자 더럽고 추잡하고 군침을 질질 흘리는 솔로들한테 붙잡힐 거야!' 넌 그것도 몰라?"

여자애가 내 다리에 손을 대더니 위쪽으로 쓰다듬기 시작했다. 손가락 끝이 허벅지를 스쳤다. 내 물건이 또 딱딱해졌다. "우리 부모님은 솔로들 얘기를 한 적이 없어." 그러더니 다시 나를 자기 위로 끌어올려서 입을 맞췄고, 난 다시 여자애 안으로 들어가지 않을 도리가 없었다.

세상에, 그런 식으로 몇 시간이나 했는지 모르겠다. 한참 후에 블러드가 돌아보더니 말했다. "더 이상은 자는 척 못 하겠어. 나 배고파. 그리고 아파."

난 그때 위에서 하고 있던 여자애를 밀치고 블러드를 살펴보았다. 도베르만이 오른쪽 귀를 한 입 뜯어갔고, 주둥이 바로 아래쪽도 찢어졌으며, 한쪽 털에 피가 엉겼다. 엉망이었다.

"세상에, 이봐, 너 엉망이야."

"한가하게 논평이나 할 때가 아닐 텐데, 앨버트!" 개가 딱딱거렸다. 나는 손을 거뒀다.

"우리 여기서 나가도 될까?" 나는 놈에게 물었다.

블러드가 이리저리 머리를 기울이더니 고개를

저었다. "아무것도 읽히지 않아. 보일러 위에 무더기로 잔해가 쌓인 게 틀림없어. 내가 나가서 돌아봐야겠어."

우리는 한동안 이 문제를 생각해보았고, 마침내 건물이 남김없이 무너지고 열기가 약간 식은 상태라면, 그새 떠돌이 무리가 남은 잿더미를 샅샅이 뒤지고도 남았을 거라는 결론을 내렸다. 놈들이 보일러를 살펴보지 않았다는 사실은 우리가 아주 잘 묻혀 있다는 방증이었다. 그게 아니라면, 머리 위에서 건물이 여전히 연기를 뿜어내고 있을 가능성이 컸다. 그러면 놈들은 잔해를 뒤지기 위해 여전히 바깥에서 기다리고 있을 것이다.

"그 몸으로 감당할 수 있을 거 같아?"

"내가 감당해야 할 것 같은데, 아니야?" 놈은 정말로 뿌루퉁했다. "그러니까, 넌 저거랑 붙어먹느라 얼이 빠져서 살아남는 데 쏟을 정신이 별로 없을 것 같은데, 그렇지 않아?"

난 놈이 정말로 마음에 들어 하지 않는 게 뭔지 알아차렸다. 놈은 퀼라를 좋아하지 않았다. 난 블러드를 무시하고 보일러 뚜껑을 밀었다. 열리지 않았다. 그래서 보일러 측면에 등을 대고 앉아 버티면서 발로 뚜껑을 천천히 일정한 힘으로 밀었다.

바깥에 쌓인 뭔지 모를 것들이 잠시 저항하더니 밀려나기 시작했고, 이내 쿵 소리를 내며 굴러 떨어졌다. 난 문을 끝까지 밀어 열고는 밖을 내다보았다. 위층들이 지하실로 무너져내렸지만, 더 버티지 못하고 무너졌을 때는 이미 대부분 재와 가벼운 파편들뿐이었다. 바깥에 있는 모든 것이 연기를 내뿜었다. 연기 사이로 햇빛이 보였다.

나는 보일러에서 빠져나오다가 뚜껑 바깥쪽 가장자리에 두 손을 데었다. 블러드가 따라 나왔다. 녀석이 잔해들 사이로 길을 찾아 나가기 시작했다. 보일러는 위에서 떨어진 끈적한 물질에 거의 완전히 뒤덮여 있었다. 우리가 새까맣게 다버렸을 거라고 짐작한 떠돌이 무리가 슬쩍 훑어보고 지나쳤을 가능성이 컸다. 하지만 그래도 나는 블러드가 정찰해주길 바랐다. 놈이 출발했고, 나는 출발한 놈을 다시 불러들였다. 놈이 다가왔다.

"무슨 일이야?"

난 놈을 내려다보았다. "무슨 일인지 말해주지, 친구. 너 아주 밥맛 떨어지게 굴고 있어."

"꼬우면 고소하시든가."

"빌어먹을 개새끼, 대체 뭐가 불만이야?"

"저 여자. 네가 저기 앉혀놓은 그 빈대 계집애."

"그게 뭐 어때서? 별일이네…. 예전에도 계집애들은 있었잖아."

"그래. 하지만 이번 년처럼 푹 빠진 적은 없었지. 내 경고하는데, 앨버트. 저 여자 때문에 문제가 생길 거야."

"멍청하게 굴지 마!"

놈은 대꾸하지 않았다. 그저 화난 표정으로 날 쳐다보더니 절뚝거리며 주변을 살피러 가버렸다. 나는 보일러 안으로 돌아가 입구를 꽉 닫았다. 여자애가 다시 그걸 하고 싶어 했지만, 난 그러고 싶지 않다고 말했다. 블러드 때문에 기분이 잡쳐서 심기가 불편했다. 누구한테 짜증을 내야 할지 알수 없었다.

하지만 빌어먹을, 여자애는 예뻤다.

여자애는 제 딴에 삐쳐서 팔로 몸을 감싼 채 떨어져 앉았다.

"아랫동네에 대해서 더 얘기해줘."

처음에는 삐죽거리면서 그다지 말을 하려 들지 않던 여자애가 조금 지나자 거리낌 없이 얘기를 늘어놓기 시작했다. 나는 많은 걸 알게 되었다. 언젠가는 써먹을 수도 있을 것 같았다. 어쩌면 말이다.

예전에 미국과 캐나다였다가 남은 지역에는 겨우 200여 군데의 '아랫동네'가 있다. 우물이나 광산, 기타 여러 종류의 깊은 구멍이 있던 자리를 더 깊이 파고들어 간 곳들이다. 서부에 있는 일부 아랫동네는 자연 동굴지대를 활용한다. 대체로 지하 3~8킬로미터 정도에들 위치한다. 전체적인 모양은 세워놓은 커다란 총알 같다. 그리고 그런 동네에 정착한 사람들은 최악이라 할 만큼 꽉 막힌 사람들이었다. 남부침례교파 교인들, 근본주의자들, 법과 질서를 맹신하는 멍청이들, 거친 삶에 대한 취향이라곤 눈곱만큼도 없는 진짜 중산층 꼰대들.

그들은 150년 전의 생활방식으로 돌아갔다. 그들에게는 그때의 생활방식으로 돌아갈 방법과 이유를 만들어낼 마지막으로 남은 과학자들이 있었다. 그러다 과학자들도 소진됐다. 그들은 어떠한 진보도, 어떠한 불화도, 뭐가 됐든 물을 흐릴 만한 건 어떤 것도 원하지 않았다. 그때까지 겪은 것들만으로도 충분했다. 세상이 가장 좋았던 때는 제1차 세계 대전이 일어나기 전이었으니, 그 시대를 그대로 지킬 수만 있다면 조용하게 살아갈 수 있을 거라고 판단했다. 엿이나 먹으라지! 난 아랫동네에 있으면 미쳐버릴 거야.

퀼라가 웃으며 다시 내 품을 파고들었고, 이번에는 나도 거절하지 않았다. 여자애가 다시 내 아랫도리 거기와 몸 전체를 자극하기 시작했다. 그러고는 물었다. "빅?"

"으응."

"사랑에 빠져본 적 있어?"

"뭐?"

"사랑 말이야. 여자애와 사랑에 빠져본 적 있어?"

"음, 한 번도 없었던 거 같은데?"

"사랑이 뭔지는 알아?"

"물론이지. 안다고 생각해."

"하지만 사랑에 빠져본 적이 한 번도 없다면서?"

"멍청한 소리 그만해. 좋은지 싫은지 꼭 머리에 총알이 박혀봐야 아는 건 아니니까."

"넌 사랑이 뭔지 몰라. 내가 장담해."

"음, 그게 아랫동네에서 사는 걸 의미한다면, 난 그냥 모르는 채로 살래." 우리는 그 말을 끝으로 더는 대화를 나누지 않았다. 여자애가 나를 잡아당겼고, 우리는 다시 그 짓을 했다. 그리고 일이 끝났을 때, 블러드가 보일러를 긁는 소리가 들렸다. 뚜껑을 열자 놈이 밖에 서 있었다.

"아무도 없어."

"확실해?"

"그래, 그래, 확실해. 바지나 입어." 놈의 어조에 비웃음이 실렸다. "그리고 나와봐. 할 얘기가 있어."

놈을 쳐다보니 장난은 아닌 것 같았다. 난 바지와 운동화를 걸치고 보일러 밖으로 나갔다.

놈이 터덜터덜 앞장서더니 보일러와 숯덩이가 된 들보들을 지나 체육관 밖으로 나갔다. 건물이 무너져 내려 썩어서 뿌리만 남은 충치 같았다.

"자, 뭐가 문제야?"

놈이 재빨리 콘크리트 더미로 뛰어 올라가 나와 얼굴을 맞댈 수 있는 위치에 섰다.

"넌 멍청해지고 있어, 빅."

나는 놈이 진지하다는 걸 알았다. 내내 입에 달고 다니던 그 빌어먹을 앨버트가 아니라 단도직입적으로 빅이라고 불렀으니까. "어째서?"

"이봐, 어젯밤에 우리는 저 여자를 놈들한테 주고 거길 빠져나올 수 있었어. 그게 영리한 수였을 거야."

"내가 원했어."

"그래, 알아. 내가 말하는 게 그거야. 지금은 오늘이고, 어젯밤이 아니야. 넌 벌써 그년을 한 오십 번은 따먹었어. 그런데 왜 우리가 아직 같이 있지?"

"내가 더 원하니까."

그러자 놈이 화를 냈다. "그래, 그렇군. 이봐, 친

구. 나도 원하는 게 몇 가지 있어. 난 먹을 걸 원하고, 옆구리에서 고통이 사라지길 원하고, 이 구역에서 벗어나길 원해. 놈들이 이렇게 쉽게 포기하진 않을 거야."

"걱정하지 마. 우린 다 해결할 수 있어. 저 애가 우리와 같이 못 갈 이유는 안 있어."

"'안 있어'가 아니라 '없어'야." 놈이 문법을 지적했다. "그리고 그건 또 새로운 이야기네. 이제 우리는 셋이서 다니는 거야? 그런 거야?"

나는 정말로 신경질이 났다. "넌 빌어먹을 푸들 같은 소리만 찍찍대고 있어!"

"그리고 넌 남창 같은 소리나 찍찍대고 있고."

난 놈을 패려고 팔을 치켜들었다. 놈은 움직이지 않았다. 손을 내렸다. 여태 한 번도 블러드를 때린 적이 없었다. 그걸 지금 시작하고 싶지는 않았다.

"미안해." 놈이 나직이 말했다.

"괜찮아."

하지만 우리는 서로의 시선을 피했다.

"빅, 친구. 넌 날 돌볼 책임이 있어."

"굳이 얘기 안 해줘도 알아."

"음, 얘기해줘야 할 것 같은데. 너한테 몇 가지 알려줘야 할 것 같아. 그 비명쟁이가 거리로 뛰쳐나와 널 붙잡았을 때 같은 얘기 말이야."

난 몸을 떨었다. 그 씨발 것은 녹색이었다. 버섯처럼 빛나는 완전한 진짜 녹색. 생각만으로도 속이 뒤집혔다.

"그리고 내가 놈한테 달려들었어, 그렇지?"

난 고개를 끄덕였다. 맞아, 개자식아, 맞아.

"그리고 난 심하게 화상을 입을 수도 있었고, 죽을 수도 있었어. 어찌 되었든 내겐 목숨을 건 일이었어, 그렇지 않아?" 나는 다시 고개를 끄덕였다. 정말로 화가 났다. 죄책감을 느껴야 하는 상황을 좋아하지 않았다. 그 점에서는 블러드도 나와 막상막하였다. 놈은 그걸 알았다. "하지만 난 했어, 그랬지?" 그 녹색 것이 비명을 지르던 장면을 떠올렸다. 망할, 그건 온통 질질 흐르는 분비물과 속눈썹밖에 보이지 않았다.

"좋아, 좋다고. 일장 운개 하지 마."

"'운개'가 아니라 '훈계'."

"아 진짜, 뭐가 됐든!" 나는 소리쳤다. "그냥 개소리 집어치워! 아니면 빌어먹을 협정이고 나발이고 다 잊어버리는 수가 있으니까!"

그때 블러드가 입을 열었다. "음, 그래야 할지도 모르겠네. 넌 그냥 멍청이 음경일 뿐이니까!"

"음경이 뭐야, 이 똥 덩어리 새끼…. 그거 뭔가 나쁜 말이지? 그래, 그렇겠지…. 너 이 개새끼야, 빌어먹을 그 입이나 조심해. 아니면 내가 혼쭐을 내줄 테니까!"

우리는 15분 동안 아무 말도 없이 앉아 있었다. 둘 다 어째야 할지 몰랐다.

결국, 내가 한발 물러섰다. 난 부드러운 어조로 천천히 말했다. 놈과 다니는 데에 신물이 나려 했지만, 지금껏 늘 그랬듯이 놈을 공정하게 대할 것이라 얘기했다. 놈은 이 도시를 돌아다니는 아주 힙한 솔로가 두 명이나 있고, 자기처럼 냄새를 잘 맡는 개라면 누구나 얼씨구나 할 테니, 내가 자기

한테 존나 잘해야 할 거라며 날 협박했다. 나는 협박당하는 걸 좋아하지 않으며, 앞으로 길 다닐 때 조심하라고, 다시 보면 내가 다리를 부러뜨려주겠다고 말했다. 놈은 불같이 화를 내며 떠나버렸다. 난 "꺼져!"라고 말하고는 그 분노를 저 퀼라 뭐시기라는 년한테 퍼부으려고 보일러로 돌아갔다.

하지만 보일러 안으로 고개를 들이밀고 보니, 여자애는 죽은 떠돌이들이 남긴 권총 한 정을 손에 쥐고 날 기다리는 중이었다. 여자애가 그걸로 내 오른쪽 관자놀이를 아주 제대로 내리쳤고, 난 입구에 몸을 걸친 채 쓰러져 정신을 잃었다.

"내가 그년 아무짝에도 쓸모없다고 얘기했지."
블러드가 지켜보는 가운데 나는 의약품 상자에서
소독약을 꺼내 찢어진 데를 닦아내고 요오드를 발
랐다. 내가 찡그리자 놈이 능글맞게 웃었다.

난 약들을 치우고 보일러 안을 뒤져서 가져갈
수 있는 만큼 여분의 탄약을 챙겼다. 그리고 브라
우닝 소총을 버리고 더 강력한 30-06구경 경기관
총을 집어 들었다. 그러다가 여자애 옷에서 흘렸을
게 분명한 뭔가를 발견했다.

가로 10센티미터에 세로가 5센티미터쯤 되는

작은 금속판이었다. 빽빽하게 숫자가 한 줄로 찍혔고, 여기저기 구멍이 뚫렸다.

"이건 뭐지?" 블러드에게 물었다.

놈이 그걸 보고 냄새를 맡았다.

"무슨 신분증 같은데. 그년이 아랫동네에서 나올 때 썼던 건지도 몰라."

그걸로 내 마음은 정해졌다.

난 금속판을 주머니에 쑤셔 넣고 그 강하 통로를 향해 발걸음을 옮기기 시작했다.

"대체 어디로 가는 거야?" 블러드가 따라오며 소리쳤다.

"돌아가, 넌 거기 가면 죽을 거야!"

"난 배가 고프다고, 제기랄! 난 다쳤어! 앨버트, 이 개자식아! 돌아와!"

난 계속 걷기만 했다. 그 쌍년을 찾아서 대가리를 후려갈길 참이었다. 그년을 찾으러 아랫동네로 가는 한이 있어도 말이다.

토피카로 이어지는 강하 통로까지 가는 데 한 시간이 걸렸다. 블러드가 멀리서 머뭇거리며 따라오는 게 얼핏 보인 듯도 했지만, 신경 쓰지 않았다. 난 제정신이 아니었다.

그 순간, 강하 통로가 눈앞에 나타났다. 아무 표식도 없이 불쑥 솟아오른 반짝이는 검은 금속 기둥. 지름이 6미터쯤 되고 윗면이 완전히 평평한 기둥이 똑바로 땅에 꽂혀 있었다. 그건 마개였다. 그게 다였다. 나는 곧장 거기로 가서 주머니를 뒤져 금속판을 찾았다. 그때 뭔가가 오른쪽 바짓자락을 잡아당겼다.

"이봐, 이 멍청한 놈아, 저기로 내려가면 안 돼!"

놈을 차버렸지만, 블러드는 바로 돌아왔다.

"내 말 좀 들어!"

고개를 돌려 놈을 노려보았다.

블러드가 자리에 앉았다. 주변으로 먼지가 풀풀 날렸다. "앨버트…."

"내 이름은 빅이야, 이 썩을 놈아."

"알았어, 알았어. 장난치지 않을게. 빅." 놈의 어조가 부드러워졌다. "빅. 이봐, 친구." 놈은 날 설득하려 했다. 나는 정말로 속이 부글부글 끓었지만,

놈은 어쨌든 날 설득하려 애쓰는 중이었다. 난 어깨를 으쓱거리고는 옆에 쭈그리고 앉았다.

"내 말 들어봐." 블러드가 말했다. "그년이 널 완전히 홀려놨어. 저기 내려가면 안 된다는 건 너도 알아. 이건 확실히 정리가 끝난 얘기고, 누구든 다 아는 사실이야. 저놈들은 솔로를 싫어해. 이미 충분히 많은 떠돌이 무리가 아랫동네를 습격하고 놈들의 여자를 강간하고 식량을 강탈했어. 놈들이 방어책을 세웠을 게 분명하잖아. 넌 놈들 손에 죽어, 빅!"

"씨발 대체 뭐가 걱정이야? 넌 늘 내가 없는 편이 훨씬 나을 거라고 했잖아."

그 말에 놈은 풀이 죽었다.

"빅, 우리가 같이 지낸 지가 거의 3년이야. 좋을 때도 있었고 나쁠 때도 있었어. 하지만 이건 최악이 될 수 있어. 난 겁난다고, 이 사람아. 네가 돌아오지 못할까 봐 겁나. 그러면 나는 배가 고프니까, 누군가 날 거둬줄 놈을 찾으러 가야 해. 지금은 대부분의 솔로가 패거리에 합류했으니까, 난 서열이

낮은 개가 되겠지. 이제 그다지 젊지도 않으니까. 그리고 난 심하게 다쳤어."

무슨 말인지 알 것 같았다. 놈은 합리적으로 얘기했다. 하지만 내 머릿속에 떠오르는 거라곤 저 쌍년이, 저 퀼라라는 년이 나를 후려갈기던 장면밖에 없었다. 그러고는 그 부드러운 젖가슴이, 그리고 내가 안에 들어가 있을 때 그년이 나직하게 신음하던 장면들이…. 난 고개를 저었고, 복수해야 한다고 다시금 다짐했다.

"난 가야 해, 블러드. 가야만 해."

놈이 한숨을 푹 쉬더니 한층 더 풀이 죽었다. 놈은 말해봐야 소용없다는 걸 알았다.

"빅, 넌 그년이 너한테 무슨 짓을 하고 있는지 생각도 안 해. 그 금속판 말이야. 그거 너무 빤하다고, 마치 따라오라고 던져놓은 것처럼."

나는 일어섰다. "최대한 빨리 돌아올게. 여기서 기다릴 거야…?"

놈은 오랫동안 아무 말이 없었고, 나는 기다렸다. 마침내, 놈이 말했다. "한동안은. 네가 돌아왔을 때 난 여기 있을 수도 있고, 없을 수도 있어."

난 녀석을 이해했다. 나는 돌아서서 검은 금속 기둥 주위를 돌기 시작했다. 마침내 기둥에 난 틈을 발견하고 금속판을 밀어 넣었다. 부드럽게 웅웅거리는 소리가 나더니 흠 하나 보이지 않던 기둥이 열리기 시작했다. 둥근 문이 생기자 난 다가갔다. 돌아보니 블러드가 지켜보고 있었다. 우리가 서로를 쳐다보는 동안에도 기둥은 내내 웅웅거렸다.

"잘 가, 빅."

"몸조심해, 블러드."

"빨리 돌아와."

"노력할게."

"그래. 좋아."

나는 고개를 돌리고 안으로 들어섰다. 등 뒤에서 출입구가 스르르 닫혔다.

7

이럴 줄 알았어야 했다. 의심했어야 했다. 맞다, 어쩌다 웬 계집애가 지상은 어떤지, 도시들은 어떻게 됐는지 보러 올라올 때가 있다. 그래, 그런 일이 있지. 그래서, 그년이 그 푹푹 찌는 보일러 안에서 딱 달라붙은 채 남자애랑 그걸 하면 어떤 기분일지 알고 싶었다고, 토피카에서 봤던 영화들은 죄나 순하고 건전하고 지루했다고, 그리고 학교 여자애들이 난잡한 영화 얘기를 했다고, 어떤 애가 조그만 여덟 쪽짜리 만화책을 갖고 있어서 눈이 휘둥그레진 채 본 적이 있다고 말했을 때 … 맞다, 난 그년을 믿었다.

논리적이었으니까. 그년이 금속 신분증을 놓고 갔을 때 뭔가 이상하다고 의심했었어야 했다. 너무 빤했다. 블러드도 얘기했었지. 내가 멍청하냐고? 그렇다!

등 뒤에서 출입구가 조리개처럼 스르르 닫힌 순간, 웅웅거리는 소리가 더 커지면서 벽에서 이상한 차가운 빛이 났다. 벽이었다. 그곳의 안과 밖을 가른 벽만 있는 둥그런 방이었다. 벽이 율동하듯 빛을 뿜어냈고, 웅웅거리는 소리가 더욱 커졌다. 바닥이 문과 똑같은 방식으로 열렸다. 하지만 난 만화에 나오는 쥐처럼 그 자리에 서 있었다. 아래를 내려다보지만 않으면, 멀쩡했다. 나는 밑으로 떨어지지 않았다.

그러나 그 불안정한 상태는 이내 수습되기 시작했다. 나는 밑으로 떨어졌고, 위에서 조리개 같은 막이 닫혔다. 나는 속도를 내며, 그러나 너무 빠르지는 않게 긴 관 속으로 꾸준하게 떨어졌다. 그제야 강하 통로가 뭔지 알게 되었다.

아래로 아래로, 나는 계속 떨어지면서 이따금 벽에 나타나는 '10층' 또는 '55번 오염방지실' 또는 '사육장' 또는 '6번 펌프관리실' 같은 표시를 보곤 했다.

어렴풋이 앞서의 그 조리개 같은 출입구가 눈에 띄기도 했지만…, 난 멈추지 않고 떨어졌다.

마침내 난 바닥까지 떨어져 내렸고, 거기 벽에는 '토피카시 경계. 인구 22,860명'이라 적혀 있었다. 아무런 저항도 없이 몸이 멈춰 섰다. 충격을 완충하기 위해 상체가 약간 굽었지만, 그마저도 그리 티가 나지 않았다.

다시 그 금속판을 밀어 넣었다. 이번에는 훨씬 큰 조리개가 스르륵 열렸고, 난 처음으로 아랫동네를 보았다.

눈앞에서 아랫동네가 30킬로미터쯤 멀리까지 펼쳐지다가 무디게 번득이는 양철 벽을 만나 지평선을 이루었다. 등 뒤의 벽이 둥그렇게 굽고 굽고 또 굽어서 그 지평선과 만난 다음 계속해서 아랫동네를 감싸 안으며 굽고 굽고 또 굽이시 처음 시작된 내 등 뒤로 돌아왔다. 나는 머리 위 200미터쯤에 지붕이 있고 지름이 대략 30킬로미터인 거대한 금속통 바닥에 서 있었다. 그리고 누군가가 그 깡통 바닥에 커다란 마을을 건설해놓았다. 지상에 있는 도서관에서 찾은, 물에 젖어 불은 책에 나오는 세상을 그대로 따라 한 것 같았다. 나는 그 책에서 이런 마을을 보았다. 딱 이런 마을이었다. 단정한 작은 집들과 구불구불한 좁은 도로들과 잘 다듬은 잔디밭과 상업지구와 토피카에 있을 다른 모든 것들이 있었다.

태양만 빼고, 새들만 빼고, 구름만 빼고, 비만 빼고, 눈만 빼고, 추위만 빼고, 바람만 빼고, 개미만 빼고, 진흙만 빼고, 산만 빼고, 바다만 빼고, 드넓은 경작지만 빼고, 별만 빼고, 달만 빼고, 숲만 빼고, 자유로이 돌아다니는 동물만 빼고, 그리고⋯,

자유만 빼고.

그들은 죽은 물고기처럼 이곳에 담겼다. 통조림처럼.

목구멍이 조여오는 듯했다. 나가고 싶었다. 나가고 싶어! 몸이 떨리기 시작하더니 손끝이 차가워지고 이마에서 식은땀이 났다. 여기로 내려오다니, 내가 미쳤지. 나가야 해. 나가야 해!

다시 강하 통로로 나가려고 돌아서는데 '그것'이 나를 붙잡았다.

쿽라, 이 빌어먹을 쌍년 같으니! 의심했어야 했는데!

★

그것은 나지막한 녹색 상자처럼 생겼다. 팔 대신에 엄지만 분리된 장갑을 낀 굵은 케이블을 달고 캐터필러로 굴러다니는 그것이 나를 붙잡았다.

그게 나를 번쩍 들어 평평하고 네모진 몸통 위에 올려놓고는 케이블에 달린 장갑 낀 집게로 꽉 붙들었다. 꼼짝없이 붙들린 채, 앞면에 달린 커다란 유리 눈알을 발로 차봤지만 아무 소용이 없었다. 유리 눈알은 깨지지 않았다. 그것의 높이라 해봐야 고작 120센터미터 정도밖에 되지 않아서, 내 발이 거의 땅에 닿을 정도였지만, 그렇다고 실제로 닿지는 않았다. 그것이 나를 실은 채 토피카를 향해 움직이기 시작했다.

어디를 보나 사람이 있었다. 집 베란다 흔들의자에 앉은 사람, 잔디밭에서 낙엽을 긁는 사람, 주유소에서 어슬렁거리는 사람, 풍선껌 기계에 동전을 넣는 사람, 길 한가운데에 흰 선을 긋는 사람, 길모퉁이에서 신문을 파는 사람, 공원 야외공연장에서 뿜빠뿜빠 밴드 연주를 듣는 사람, 돌차기와 술래잡기 놀이를 하는 사람, 소방차에 반짝반짝 윤을 내는 사람, 벤치에 앉아서 책을 읽는 사람, 창문을 닦는 사람, 산울타리 가지를 치는 사람, 모자를 들어 숙녀들에게 인사하는 사람, 철망 바구니에 우유병을 모아 담는 사람, 말을 빗기는 사람, 개에게 물어올 막대기를 던지는 사람, 공공수영장에서 다이빙하는 사람, 식료품점 앞 석판에 채소 가격을 적는 사람, 여자애들과 손을 잡고 걷는 사람…, 그 사람들 전부가 그 금속제 씨발 것에 앉은 내가 지나가는 걸 지켜보았다.

강하 통로로 들어서기 전에 블러드가 한 말이 들리는 듯했다. '이건 확실히 정리가 끝난 얘기고, 누구든 다 아는 사실이야. 저놈들은 솔로를 싫어해. 이미 충분히 많은 떠돌이 무리가 아랫동네를 습격하고 놈들의 여자를 강간하고 식량을 강탈했어. 놈들이 방어책을 세웠을 게 분명하잖아. 넌 놈들 손에 죽어, 빅!'

고맙다, 개새끼야.

잘 살아라.

녹색 상자가 상업지구를 가로질러 가다가 창문에 '사업개선국'이라는 글자가 붙은 어느 상점 안으로 들어갔다. 열린 문으로 곧장 들어가니 남자와 늙은 남자와 아주 늙은 남자 여섯 명이 나를 기다리는 중이었다. 여자 두 명도 있었다. 녹색 상자가 멈췄다.

남자 한 명이 다가와 내가 쥐고 있던 금속판을 빼앗아 들여다보고는 돌아서서 나이 든 남자 중에서도 제일 나이가 많은 남자에게 내밀었다. 금속판을 받은 늙은이는 헐렁한 바지에 녹색 햇빛 가리개를 쓰고 줄무늬 셔츠 소매를 걷어 고무 밴드로 고정한 시든 두꺼비처럼 생긴 남자였다.

"루, 퀼라 거예요." 남자가 늙은 남자한테 말했다.

루라고 불린 늙은 남자가 금속판을 접뚜껑이 달린 책상의 왼쪽 맨 위 서랍에 넣었다. "아론, 놈의 총을 뺏는 게 좋겠네." 늙은 얼간이가 말했다. 그러자 신분증을 뺏어갔던 남자가 내 몸을 샅샅이 뒤졌다.

"아론, 풀어주게." 루가 말했다.

아론이 녹색 상자 뒤쪽으로 돌아가 뭔가를 짤깍거리니 케이블 집게가 상자 안으로 빨려 들어갔다. 난 상자에서 내려섰다. 집게가 잡았던 부분에 감각이 없었다. 난 놈들을 노려보며 두 팔을 번갈아 주물렀다.

"자, 얘야…." 루가 입을 열었다.

"꺼져, 씨발놈아!"

여자들이 창백해졌다. 남자들 표정이 굳었다.

"제가 소용없을 거라고 했잖아요." 또 다른 늙은 남자가 루에게 말했다.

"이거, 안 될 일이에요." 좀 젊은 축에 드는 남자

가 말했다.

딱딱한 등받이의자에 앉은 루가 상체를 앞으로 숙이더니 부러질 것 같은 손가락으로 나를 가리켰다. "얘야, 착하게 구는 게 좋을 게다."

"다들 언청이 새끼나 낳아라!"

"소용없어요, 루!" 또 다른 남자가 말했다.

"천한 것." 잎이 뾰족하게 튀어나온 여자가 날카롭게 말했다.

루가 나를 뚫어지게 쳐다보았다. 심술궂게 꾹 다문 입술이 짧고 검은 선 같았다. 나는 그 개자식의 지저분한 머릿속이 온통 썩고 냄새나는 욕망으로 가득 차 있다는 걸 알았다. 그는 악의를 담은 작은 눈으로 나를 뚫어지게 쳐다보았다. 망할, 놈은 벽에 앉은 파리를 막 혀로 훔치려는 두꺼비처럼 흉했다. 그는 뭔가 내가 좋아하지 않을 말을 내놓을 참이었다. "아론, 저 애한테 다시 감시병을 붙이는 게 나을 것 같네." 아론이 녹색 상자로 다가갔다.

"좋아, 그만." 난 손을 들고 말했다.

아론이 걸음을 멈추고 루를 쳐다보았다. 루가

고개를 끄덕이고는 몸을 바짝 내밀며 그 새 발톱 같은 손가락으로 나를 가리켰다. "착하게 굴 준비가 됐니, 꼬마야?"

"그래, 그런 거 같아."

"확실히 그러는 편이 좋을 거야."

"좋아. 확실히 그러지. 존나 확실하게!"

"그리고 입을 조심해야 할 게야."

난 대답하지 않았다. 늙다리 얼간이 같으니.

"애야, 우리에게 넌 약간의 실험 같은 거란다. 다른 방법으로 너 같은 애 하나를 데려오려 했었지. 별 볼 일 없는 너희 풋내기 하나를 잡으러 선량한 사람 몇이 올라갔는데, 아무도 돌아오지 않았어. 그래서 너희가 제 발로 내려오도록 꾀는 게 최선이라고 판단했단다."

난 코웃음을 쳤다. 퀼라 이년, 그런 줄도 모르고 그년을 챙겼다니!

새부리 여자보다 약간 나이가 적은 듯한 여자가 앞으로 나서더니 내 얼굴을 똑바로 들여다보았다. "루, 당신은 이 애를 굴복시키지 못해요. 이 애는 더러운 어린 살인자예요. 이 눈 좀 봐요."

"똥구멍에 소총을 쑤셔 넣어줄까, 쌍년아?" 여자가 펄쩍 물러났다. 루가 다시 화를 냈다. "미안." 나는 정말로 잽싸게 말했다. "내가 욕먹는 걸 안 좋아해서 말이야, 형씨."

늙은 남자가 등을 기대고 앉더니 여자에게 딱딱거렸다. "메즈, 애를 가만히 놔둬요. 내가 지금 얘기를 해보려고 하잖소. 당신 때문에 일이 더 어려워져요."

메즈라는 여자가 다른 사람들 옆으로 돌아가 앉았다. 사업개선인가 뭔가를 하는 사람들이라더니, 과연!

"꼬마야, 이미 말했다시피 우리에게 넌 하나의 실험이란다. 우리가 여기 토피카로 내려온 지 30년이 다 됐지. 여기 내려와 사는 건 괜찮아. 조용하고, 질서정연하고, 서로를 존중하는 좋은 사람들에다, 범죄도 없고, 노인들을 공경하고, 살기에 두루두루 좋은 곳이지. 우리는 번성하고 번창하는 중이야."

나는 기다렸다.

"하지만, 지금에서야 우리 중 일부가 더는 애를

갖지 못하게 됐고, 애를 가진 여자들도 대부분 딸을 낳는다는 사실을 알게 됐단다. 우리는 남자가 좀 필요해. 좀 특별한 종류의 남자가."

나는 웃기 시작했다. 현실이라기엔 너무 좋은 상황이잖아. 놈들은 내가 종마 역할을 해주길 원했던 것이다. 웃음을 참을 수가 없었다.

"천한 것!" 여자 하나가 얼굴을 찌푸리며 말했다.

"꼬마야, 우리한테는 이미 힘든 상황이니까, 우리를 더 힘들게 만들지 마라." 루는 민망해했다.

그러니까, 지상에서는 나와 블러드가 쓸 만한 보지를 찾느라 온종일 시간을 허비하며 돌아다녔는데, 여기 지하에서는 나더러 지역의 여성 동지들에게 봉사를 해줬으면 하고 바라는 것이다. 나는 바닥에 주저앉아 눈물이 줄줄 흐를 때까지 웃어 젖혔다.

마침내, 나는 일어서서 말했다. "좋아. 그러지. 하지만 원하는 게 좀 있어."

루가 날 뚫어지게 쳐다보았다.

"그 퀼라라는 년부터 시작하면 좋겠어. 그년이 까무러칠 때까지 떡을 쳐주지. 그러고는 그년이 나한테 했던 것처럼 대가리를 갈겨줄 거야!"

놈들이 잠시 모여 숙덕거리더니 잠시 후에 제자리들로 돌아갔고, 루가 말했다. "우리는 이곳에서 더는 폭력을 용납할 수 없다. 하지만 시작을 퀼라로 하지 못할 이유는 없는 듯하군. 가능해. 그렇지 않나, 아이어러?"

바싹 여위고 피부가 노란 남자가 고개를 끄덕였다. 남자는 이 상황이 마음에 들지 않는 눈치였다.

퀼라의 애비로군, 나는 확신했다.

"그럼, 시작하지." 내가 말했다. "줄을 세워." 난 바지 지퍼를 내리기 시작했다.

여자들이 소리를 질렀고, 남자들이 나를 붙잡았다. 놈들은 나를 어느 하숙집에 밀어 넣고 방을 정해주고는 작업에 들어가기 전에 내가 토피카에 대해서 좀 더 알아야 한다고 말했디. 왜냐하면, 그게, 음, 에, 그러니까, 일단은 어색하기 때문이었고, 마을 사람들에게 어떤 일이 진행될 예정인지를…, 그러니까 내가 일을 그럭저럭 해내면 지상에서 젊은 종마 몇을 더 들여와 마을에 풀어놓을 거라는 계획을 납득시켜야 하기 때문이라고 나는 추측했다.

그래서 나는 마을 사람들의 안면을 익히고 그들이 무엇을 하는지, 어떻게 사는지 보면서 한동안 토피카에서 시간을 보냈다.

그곳 생활은 괜찮았다. 진짜로 괜찮았다.

그들은 집 베란다 흔들의자에 앉아 있었고, 잔디밭에서 낙엽을 긁어 모았고, 주유소에서 어슬렁거렸고, 풍선껌 기계에 동전을 넣었고, 길 한가운데에 흰 선을 그었고, 길모퉁이에서 신문을 팔았고, 공원 야외공연장에서 뿜빠뿜빠 밴드 연주를 들었고, 돌차기와 술래잡기 놀이를 했고, 소방차에 반짝반짝 윤을 냈고, 벤치에 앉아 책을 읽었고, 창문을 닦았고, 산울타리 가지를 쳤고, 모자를 들어 숙녀들에게 인사했고, 철망 바구니에 우유병을 모아 담았고, 말을 빗겼고, 개에게 물어올 막대기를 던졌고, 공공수영장에서 다이빙을 했고, 식료품점 앞 석판에 채소 가격을 적었고, 지금껏 본 중에 제일 흉하게 생긴 여자애들과 손을 잡고 걸었고, 그리고 '죽고 싶을 정도로 날 따분하게 만들었다.'

일주일도 안 돼서 난 언제든 비명을 지를 수 있는 상태가 됐다.

날 밀봉한 통조림 깡통의 압력이 느껴졌다.

나는 머리 위에 쌓인 흙의 무게를 느꼈다.

놈들은 인조 쓰레기 같은 걸 먹었다. 인조 완두콩과 가짜 살코기와 가공의 닭고기와 대용품 옥수수와 가짜 빵. 모조리 분필과 먼지 맛이 났다.

예의 바르다고? 아이고 세상에, 놈들이 문명이라고 부르는 거짓과 위선적인 잡소리를 들으면 토하고 싶을 정도다.

'안녕하세요 거시기 씨'와 '안녕하세요 머시기 부인', 그리고 '어떻게 지내세요?', 그리고 '아이는 잘 크나요?', 그리고 '일은 어떠세요?', 그리고 '목요일 조합 모임에는 가세요?', 그리고 나는 하숙집 내 방에서 뜻 모를 밀들을 지껄여대기 시작했다.

깨끗하고, 상냥하고, 깔끔하고, 사랑스러운 놈들의 생활방식은 남자를 죽이기에 충분했다.

남자들이 그걸 세우지 못하고, 불알이 달린 대신에 홈이 팬 아이들을 만드는 것도 놀랍지 않았다.

처음 며칠 동안은 다들 내가 금방이라도 폭발해서 하얗게 칠한 근사한 자기네 울타리에 똥이라도 처바를 것처럼 나를 쳐다보았다. 하지만 좀 시간이 지나자 사람들은 날 보는 일에 익숙해졌다. 루가 나를 상가로 데리고 가서 솔로라면 누구나 몇 킬로미터 밖에서도 찾아낼 만한 오버롤 작업복과 셔츠를 갖춰 입혔다. 날 살인자라 부른 그 미친 쌍년 메즈가 주변에서 얼쩡대기 시작하더니, 마침내 내 머리를 잘라 좀 문명인처럼 보이게 만들고 싶다고 말했다. 하지만 그년의 꿍꿍이속이 뭔지는 너무 빤했다. 가슴 속 일말의 모성애 따위는 아니었다.

"뭐가 문젠데, 보지년아." 난 그년을 꼼짝 못 하게 밀어붙였다. "남편이 잘 안 해줘?"

그년은 주먹을 삼키려는 듯이 입을 막았고, 나는 미치광이처럼 웃었다. "자기야, 가서 남편 불알이나 잘라. 내 머리는 안 자를 거니까." 여자는 디젤 기관이라도 달린 것처럼 도망쳐 사라졌다.

한동안 그런 식으로 흘러갔다. 난 그저 이리저리 돌아다녔고, 놈들이 와서 날 먹었고, 그러면서 온 마을이 나와 관련하여 어떤 일이 생길지 알게 될 때까지 어린 계집애들이 나와 마주치는 일이 없도록 단속했다.

그렇게 갇힌 내 마음은 한동안 정상이 아니었다. 나는 밀실 공포증에 사로잡히고 초조해져서 캄캄할 때 밖으로 나가 하숙집 베란다 밑에 앉아 있곤 했다. 그러다 그 상태가 지나가자 나는 될 대로 되라는 심정으로 놈들에게 딱딱거렸고, 그러다 뿌루퉁해졌고, 그러다 조용해졌고, 그러다 그냥 멍청해졌다. 고요했다.

마침내, 나는 그곳에서 나갈 방법을 알아보기 시작했다. 언젠가 블러드에게 먹인 푸들이 떠오른 것이 시작이었다. 아랫동네에서 올라온 게 분명한 놈이었다. 강하 통로로 올라왔을 리는 없었다. 그러니 어딘가에 다른 나가는 길이 있는 게 분명했다.

놈들은 내가 주변 사람들에게 예의를 차리고 뭔가 돌발적인 일을 시도하지 않는 한, 상당히 자유롭게 마을을 돌아다닐 수 있도록 놔두었다. 늘 그 녹색 감시병이 근처 어딘가에 있긴 했지만 말이다.

나는 결국 나가는 길을 찾아냈다. 그다지 극적인 일도 아니었다. 그건 그냥 거기에 있어야 했고, 난 그냥 그걸 찾아냈을 뿐이었다.

그러고는 내 무기들이 어디 있는지 알아내는 것으로 나갈 준비는 끝났다. 거의 말이다.

6

일주일이 지난 어느 날, 아론과 루와 아이어러가 날 데리러 왔다. 그때는 내가 아주 얼이 빠진 상태라, 셔츠를 벗은 채 하숙집 뒷베란다에 나앉아 옥수수 파이프를 피우며 햇볕을 쬐고 있었다. 해가 없다는 게 문제였지만. 얼이 빠졌다니까.

그들이 집을 빙 돌아 뒷마당으로 왔다.

"잘 잤나, 빅." 루가 인사를 건넸다. 그는 지팡이를 짚고 절뚝거리며 걸었다. 늙은 꼰대 같으니. 아론은 내게 활짝 웃어 보였다. 좋은 품종 암소에게 막 중요 부위를 끼워 넣으려는 커다란 검정 수소에게 보내는 그런 종류의 웃음이었다. 아이어러는 잘게 부숴서 용광로에 넣어도 될 것 같은 표정이었다.

"여어, 안녕하쇼, 루. 좋은 아침, 아론, 아이어러."

루가 그 말을 듣고 기뻐하는 것 같았다.

아, 이 형편없는 개자식 같으니, 어디 한번 두고 보라지!

"첫 번째 아가씨를 만나러 갈 준비가 되었나?"

"언제나 준비는 돼 있지, 루." 나는 자리에서 일어났다.

"담배, 괜찮지, 응?" 아론이 말했다.

난 옥수수 파이프를 입에서 뗐다. "순수한 기쁨이지." 나는 미소를 지었다. 그 빌어먹을 것에는 불도 붙어 있지 않았다.

그들은 날 데리고 마리골드길로 갔다. 노란 덧문과 하얀 말뚝 울타리가 있는 작은 집으로 다가가면서 루가 말했다. "여기는 아이어러의 집이네. 퀼라는 그의 딸이고."

"이런, 깜짝 놀랄 일이네." 난 눈을 동그랗게 뜨고 말했다.

아이어러의 야윈 턱 근육이 움찔했다.

우리는 안으로 들어갔다.

퀼라와 퀼라의 늙은 버전인 듯이 똑 닮았지만 말라빠진 고깃조각처럼 쇠약한 퀼라의 어미가 나란히 긴 의자에 앉아 있었다. "홈즈 부인, 반갑습니다." 내가 짐짓 예의를 갖추며 말했다. 여자가 미소를 지었다. 긴장하긴 했지만 그래도 웃었다.

퀼라는 두 손을 무릎에 포갠 채 다리를 딱 붙이고 앉아 있었다. 머리에는 리본이 하나 달렸다. 푸른색이었다.

눈 색깔과 잘 어울렸다.

속에서 뭔가가 철렁 내려앉았다.

"퀼라, 안녕."

여자애가 고개를 들었다. "안녕, 빅."

그러자 둥그렇게 선 채로 모두가 뭔가 어색해졌다. 그러다 마침내 아이어러가 침실로 들어가 그 부자연스러운 상스러운 짓을 끝내라고, 그래야 교회에 가서 전능한 신께 우리 궁둥이를 번갯불로 찔러 죽이지 마시라고 빌 수 있다는 따위의 개소리들을 깩깩거리기 시작했다.

그래서 손을 내밀자 퀼라가 고개를 들지도 않고 내 손을 잡았다. 우리는 뒤쪽, 작은 침실로 들어갔다. 여자애는 고개를 떨군 채 섰다.

"너, 저 사람들한테 말 안 했지, 그렇지?"

퀼라가 고개를 끄덕거렸다.

갑자기 그년을 죽이고 싶지 않아졌다. 그년을 안고 싶었다.

아주 꽉. 그래서 그렇게 했다. 여자애는 품에 안겨 울면서 작은 주먹으로 내 등을 쳤다. 그러고는 날 올려다보면서 한꺼번에 말을 쏟아냈다. "아, 빅, 미안해. 정말 미안해. 그러고 싶지는 않았지만, 그럴 수밖에 없었어. 그러라고 보내졌으니까. 나 너무 무서웠어. 그리고 사랑해. 이제 네가 여기로 왔으니까, 그리고 이건 더럽지 않지, 그렇지, 우리 아빠가 하는 말처럼 더러운 거 아니지, 그렇지?"

난 퀼라를 안고 입을 맞추고는 다 괜찮다고 말했다. 그리고 나와 함께 도망가고 싶냐고 물었다. 여자애는 그래, 그래, 그래, 정말 그러고 싶다고 말했다. 그래서 도망가려면 네 아빠가 다치게 될지도 모른다고 했더니, 여자애 눈에 내가 너무나 잘 아는 표정이 떠올랐다.

더할 나위 없이 예의 바른 퀼라였지만, 큰 소리로 기도문을 외치는 자기 아빠와는 아주 달랐다.

난 뭔가 무거운 것, 촛대나 방망이 같은 게 있는지 물었고, 퀼라는 없다고 했다. 그래서 나는 그 뒷방 침실을 샅샅이 뒤져 서랍장에서 퀼라 아버지의 양말 한 켤레를 찾아냈다. 나는 침대 머리판에 달린 커다란 장식용 놋쇠 공 두 개를 빼서 양말 안에 밀어 넣고 무게를 가늠해보았다. 아, 딱 좋아.

퀼라가 휘둥그레한 눈으로 나를 뚫어지게 쳐다보았다. "뭘 하려는 거야?"

"너, 여기서 나가고 싶어?"

여자애가 고개를 끄덕었다.

"그럼 잠자코 저 문 뒤에 서 있어. 아니다, 잠깐만, 더 좋은 생각이 났어. 침대에 누워."

퀼라가 침대에 누웠다. "좋아. 이제 치마를 올리고 팬티를 벗어. 그리고 다리를 벌려." 퀼라가 공포에 질린 표정으로 나를 쳐다보았다. "그냥 해. 여기서 나가고 싶으면."

퀼라는 내 말에 따랐고, 나는 여자애가 무릎을 세우고 다리를 활짝 벌리도록 자세를 손본 다음 한쪽 문 뒤에 숨어서 여자애에게 속삭였다. "아빠를 불러. 아빠만."

여자애는 오랫동안 망설이다가 마침내 굳이 꾸며낼 필요도 없는 목소리로 소리쳤다. "아빠! 아빠, 여기 좀 와보세요!" 그러고는 눈을 꾹 감았다.

아이어러 홈즈가 문을 열고 들어와 자신의 숨은 욕망을 목격하고는 입을 떡 벌렸다. 난 그의 뒤에서 문을 차서 닫고는 그를 있는 힘껏 내리쳤다. 그는 뭔가 쩔걱거리는 소리를 내며 침대보에 피를 튀기고는 완전히 허물어졌다.

퀼라가 퍽 소리를 듣고 눈을 떴다가 두개골에서 튀어나온 뭔가가 자기 다리에 흩뿌려지자 몸을 틀어 바닥에 토했다. 아론을 방 안으로 끌어들이는 데는 여자애가 별 쓸모가 없겠다고 판단한 나는 직접 문을 열고 고개를 내밀었다. 걱정스러운 표정으로 나는 말했다. "아론, 잠깐만 들어와볼래요?" 아론은 뒷방 침실에서 벌어지고 있을 일에 관하여 홈즈 부인과 이야기를 나누는 중인 루를 쳐다보았고, 루가 고개를 끄덕이자 방으로 들어왔다. 그는 훤히 드러난 퀼라의 치모를, 벽과 침대보에 튄 피를, 바닥에 널브러진 아이어러를 한눈에 훑어보고는 소리를 지르려 입을 벌렸다. 그때 내가 아론을 후려쳤다. 그는 두 번을 더 맞고서야 쓰러졌고, 그런 뒤에도 가슴께를 차이고서야 숨통이 끊어졌다.

퀼라는 여전히 토하는 중이었다.

난 여자애의 팔을 붙잡고 침대에서 휙 일으켰다. 적어도 아무 소리를 내지는 않았지만, 빌어먹을, 냄새가 심했다.

"이리 와!"

여자애가 끌려오지 않으려 버텼지만 난 팔을 꽉 붙잡아 끌며 침실 문을 열었다. 퀼라를 밖으로 끌어내는데 누가 지팡이를 짚으며 몸을 일으켰다. 지팡이를 힘껏 차니 늙은 꼰대가 바닥에 풀썩 쓰러졌다. 홈즈 부인이 남편은 어디로 갔는지 의아해하며 우리를 쳐다보았다.

"그놈은 저 안에 있어." 나는 현관으로 향하며 말했다. "전능하신 신이 머리를 강타했지."

우리는 큰길로 나갔고, 퀼라는 헛구역질을 하면서, 헛소리를 지껄이면서, 어쩌면 자기 팬티가 어디로 갔는지 의아해하면서, 악취를 풍기면서, 내 뒤를 따랐다.

놈들은 내 무기를 사업개선국에 있는 잠긴 상자에 넣어두었다. 우리는 하숙집에 들러서 내가 주유소에서 슬쩍해 숨겨놓은 쇠지레를 뒷베란다 밑에서 꺼내왔다. 그리고 농민공제조합 뒤쪽 지름길로 상업지구로 가서 곧장 사업개선국으로 향했다. 사무원 하나가 저지하려 했지만 나는 쇠지레로 그놈의 대갈통을 쪼개버렸다. 그러고는 루의 사무실 사물함 걸쇠를 뜯어내고 내 30-06구경 경기관총과 45구경 권총과 탄약 전부와 내 대못과 칼, 그리고 옷가지를 챙겼다. 그때쯤에는 퀼라도 조금은 말이 되는 얘기를 할 수 있었다.

"어디로 가는 거야, 어디로 가는 거야, 아, 아빠,

아빠 아…!"

"어이, 이봐, 퀼라, 나한테 아빠아빠거리지 마. 같이 가고 싶다고 한 건 너니까…. 음, 난 갈 거야! 위로! 나랑 같이 가고 싶다면 옆에 딱 붙어 있는 게 좋을 거야."

내 말에 반대하기에 퀼라는 너무 겁에 질린 상태였다.

가게 입구로 나서자 소형 탱크처럼 다가오는 녹색 감시병이 보였다. 케이블이 나와 있었지만, 장갑은 없었다. 케이블 끝엔 갈고리가 달려 있었다.

나는 소총 멜빵을 팔뚝에 감으며 한쪽 무릎을 꿇었다. 시야는 깨끗했다. 나는 놈의 정면에 달린 큰 눈을 겨냥하고 쏘았다. 명중!

총에 맞은 눈이 소나기처럼 불꽃을 날리며 폭발했고, 녹색 상자는 경로를 틀어 어느 상점의 전면 유리창을 뚫고 들어가 끽끽거리고 울부짖으며 그곳을 화염과 불꽃으로 채웠다. 멋졌다.

나는 퀼라를 붙잡으려고 몸을 돌렸다. 하지만 여자애는 없었다. 길 저쪽에서 공동체를 보호하겠

답시고 온갖 사람들이 몰려왔다. 그중에는 뭔가 기묘한 종류의 메뚜기처럼 지팡이를 짚고 절뚝거리는 루도 끼어 있었다.

그리고 바로 그때 사격이 시작됐다. 시끄러운, 탕탕거리는 소리였다. 퀼라에게 준 45구경 권총이었다. 위를 쳐다보니 2층을 두른 베란다가 보였고, 거기에 마치 전문 꾼처럼 권총을 난간에 걸쳐놓고 폭도들을 겨냥해 총알을 날리는 퀼라가 있었다. 1940년대 공화국 영화에 나오는 와일드 빌 엘리어트인가 하는 배우 같았다.

하지만 멍청하다! 빌어먹게도 멍청하다! 도망가야 할 때 저런 일에 시간을 낭비하다니.

난 외부 계단을 발견하고 한 번에 세 계단씩 밟으며 올라갔다. 퀼라는 웃고 있었다. 무리에서 얼간이 하나를 고를 때마다 작은 혀끝이 한쪽 입꼬리로 비어져 나왔다. 눈이 온통 매끈하게 젖은 채, 빵! 여자애는 얼간이를 쏘아 넘겼다.

퀼라는 정말 그 일에 푹 빠져 있었다.

내가 다가가는 사이에 퀼라가 수척한 자기 어

머니를 겨냥했다. 내가 뒤통수를 갈기는 바람에 총알이 빗나가자 표적이 됐던 나이 든 부인은 잠시 춤추듯이 껑충거리다가 다시 걸음을 옮기기 시작했다. 퀼라가 확 고개를 돌려 나를 쳐다보았다. 눈에 살의가 가득했다. "너 때문에 놓쳤어." 그 목소리를 듣는 순간 등골이 오싹해졌다.

나는 권총을 빼앗았다. 멍청해. 이렇게 탄약을 낭비하다니.

난 퀼라를 끌고 건물을 돌아 뒤쪽에 붙은 헛간 지붕으로 먼저 뛰어내리고는 여자애에게 뛰어내리라고 말했다. 처음에는 무서워했지만, 내가 말했다. "너처럼 자기 어머니도 아무렇지 않게 쏠 수 있는 여자가 이 정도 떨어지는 걸 겁내서야." 퀼라가 난간을 붙잡고 바깥쪽 돌출 장식을 딛고 섰다. "걱정하지 마." 내가 말했다. "오줌을 지려서 팬티가 젖을 걱정은 안 해도 돼. 팬티가 아예 없으니까."

퀼라가 한 마리 새처럼 웃고는 뛰어내렸다. 내가 퀼라를 잡았고, 우리는 헛간 문을 타고 아래로 내려왔다. 그리고는 우리를 괴롭힐 폭도들이 있는지 보려고 잠시 제자리에서 기다렸다. 폭도들은 어디에도 보이지 않았다.

난 퀼라의 팔을 붙잡고 토피카 남쪽 끝을 향해 출발했다. 거기에 내가 돌아다니면서 발견한 가장 가까운 출구가 있었다. 우리는 15분 후에 헐떡거리며 새끼 고양이들처럼 약해져서는 거기에 도착했다.

그리고 거기에 그게 있었다.

커다란 공기 흡입관이.

내가 쇠지레로 죔쇠들을 뜯어냈다. 우리는 안으로 올라섰다.

위로 올라가는 사다리가 있었다. 있어야만 했다. 사다리는 수리와 관리와 청결의 표시였다. 있어야만 했다. 우리는 사다리를 오르기 시작했다.

퀼라는 올라오다가 너무 지칠 때마다 밑에서 물었다. "빅, 날 사랑해?" 난 계속 사랑한다고 대답했다. 진심이어서만은 아니었다. 그 말은 여자애가 계속 올라오도록 하는 데 도움이 되었다.

'10

우리는 강하 통로에서 1.5킬로미터 정도 떨어진 곳으로 나왔다. 필터 덮개와 뚜껑을 고정한 볼트를 날려버리고, 우리는 밖으로 기어 나왔다. 저 밑의 놈들은 뭘 알고나 있어야지, 잠자는 사자의 코털을 건드리면 안 되는 법이다.

놈들은 애초에 상대를 잘못 만났다.

퀼라는 녹초가 됐다. 그럴 만도 하지. 하지만 난 그처럼 휑한 곳에서 밤을 보내고 싶지 않았다. 그곳에는 환한 대낮에라도 마주치는 상상조차 하기 싫은 것들이 있었다. 때는 황혼으로 기우는 중이었다.

우리는 내가 타고 내려갔던 강하 통로 쪽으로 걸었다.

블러드가 기다리고 있었다.

놈은 쇠약해 보였다. 하지만 날 기다려주었다.

난 쭈그리고 앉아 놈의 대가리를 받쳐 들었다. 놈이 눈을 뜨고 아주 작은 소리로 말했다. "어이."

난 놈에게 미소를 지었다. 세상에, 놈을 보니 너무 좋았다. "우리 돌아왔어, 친구."

놈이 일어서려 했지만 그러질 못했다. 몸에 난 상처가 흉했다.

"뭘 좀 먹었어?"

"아니. 어제… 아니 그젠가 도마뱀 한 마리를 잡았지. 나 배고파, 빅."

그때 퀼라가 다가왔고, 블러드가 여자애를 보았다. 놈이 눈을 감았다.

"서두르는 게 좋겠어, 빅." 퀼라가 말했다. "제발. 그 사람들이 강하 통로로 올라올지도 몰라."

난 블러드를 들어보았다. 끔찍하게 무거웠다.

"잘 들어, 블러드. 내가 도시로 가서 먹을 걸 구해볼게. 금방 돌아올 거야. 넌 그냥 여기서 기다려."

"거기 가지 마, 빅. 네가 내려간 다음 날에 내가 정찰을 했어. 패거리 놈들이 우리가 그 체육관에서 불타 죽지 않았다는 걸 알아챘어. 어떻게 알았는지는 모르겠지만. 어쩌면 개들이 우리 냄새를 맡았는지도 모르지. 계속 지켜봤는데, 우릴 추적할 생각은 없는 것 같았어. 무리도 아니야. 이곳의 밤이 어떤지는 아무도 모르니까, 친구… 너도 몰라…."

개가 몸을 떨었다.

"진정해, 블러드."

"하지만 우리는 놈들에게 완전히 찍혔어. 우린 그 도시로 못 돌아가. 어딘가 다른 곳을 찾아야 해."

상황이 돌변했다. 우리에겐 돌아갈 데가 없었고, 블러드가 저런 상태라면 다른 곳을 찾기도 힘들다. 내가 솔로로서 제법 괜찮은 축에 들긴 하지만, 놈 없이는 제대로 해나갈 수 없다. 그리고 여기 이곳에는 먹을 것이 아무것도 없다.

놈은 당장 먹이를 먹어야 하고, 치료를 받아야

했다. 난 뭐라도 해야 했다.

뭔가 좋은 일을, 뭔가 빠른 일을.

"빅!" 퀼라가 새된 소리로 찡찡거렸다. "서둘러! 걔는 괜찮을 거야. 우리, 서둘러야 해!"

난 여자애를 올려다보았다. 해가 어둠 속으로 가라앉는 중이었다. 품에 안긴 블러드가 몸을 떨었다.

퀼라는 뿌루퉁한 표정이었다. "날 사랑한다면, 서둘러!"

놈 없이는 혼자 살아갈 수 없다. 난 알았다. 내가 퀼라를 사랑하는지 아닌지를. 그 보일러 안에서, 퀼라는 물었었지. '너, 사랑이 뭔지 알아?'

★

자그맣게 불을 피웠다. 도시 외곽을 어슬렁거리는 떠돌이 패거리들의 눈에 띌 정도도 아니었다. 연기도 없었다. 블러드가 먹을 만큼 먹고 나자, 나는 놈을 2킬로미터쯤 떨어진 아랫동네 환기구로 데려가 그 안의 좁은 돌출부에서 밤을 났다. 난 밤새도록 놈을 안고 있었다. 놈은 잘 잤다. 아침이 되자 나는 놈을 아주 세심하게 치료해주었다. 놈은 살아났다. 놈은 튼튼했다.

블러드는 또 먹이를 먹었다. 어젯밤에 먹고 남은 게 많았다. 난 먹지 않았다. 난 배고프지 않았다.

우리는 그날 오전에 황량한 황무지를 건너기 시작했다. 우리는 다른 도시를 찾아내 그곳에 적응할 것이다.

블러드가 여전히 절뚝거려서 우리는 천천히 움직여야 했다. 오랜 시간이 지나고서야 내내 머릿속에서 울리던 여자애의 질문이 멈췄다. 내게 묻고 또 묻던 그 말. '너, 사랑이 뭔지 알아?'

당연히 알지.

소년은 자기 개를 사랑하는 법이니까.

〈끝〉

옮긴이 신해경

더 즐겁고 온전한 세계를 꿈꾸는 전문번역가. 대학에서 미학을 배우고 대학원에서 경영학과 공공정책학을 공부했다. 생태와 환경, 사회, 예술, 노동 등 다방면에 관심을 가지고 있으며, 옮긴 책으로는 《혁명하는 여자들》, 《사소한 정의》, 《내 플란넬 속옷》, 《마지막으로 할 만한 멋진 일》(공역), 《아랍, 그곳에도 사람들이 살고 있다》, 《버블 차이나》, 《덫에 걸린 유럽》, 《침묵을 위한 시간》, 《북극을 꿈꾸다》, 《발전은 영원할 것이라는 환상》, 《제대로 된 시체답게 행동해》(공역) 등이 있다.

소년과 개

초판 1쇄 발행   2024년 8월 15일

지은이   할란 엘리슨
옮긴이   신해경
펴낸이   박은주
디자인   김선예, 이수정
마케팅   박동준
인쇄   탑프린팅

발행처   (주)아작
등록   2015년 9월 9일 (제2023-000057호)
주소   07236 서울특별시 영등포구 의사당대로 38
102동 1309호
전화   02.324.3945-6   **팩스**   02.324.3947
이메일   arzaklivres@gmail.com
홈페이지   www.arzak.co.kr

ISBN   979-11-6668-798-3   03840

책 값은 표지 뒤쪽에 있습니다.
잘못 만들어진 책은 구입하신 서점에서 교환해 드립니다.